LA confesión de Micaela

Cecilia Curbelo

Ilustraciones: Agustina Boni
~ agustinaboni@gmail.com
~ agustinaboni.blogspot.com

Síguenos en **f**/ceciliacurbeloescritora
⊙ cecicurbelo
www.ceciliacurbelo.com

La confesión de Micaela

Primera edición en Uruguay: abril de 2013
Primera edición en México: febrero de 2017

D. R. © 2013, Cecilia Curbelo

D. R. © 2013, Penguin Random House
Editorial Sudamericana Uruguaya S. A.
Yaguarón 1568 C.P. 11.100
Montevideo - Uruguay

D. R. © 2017, de la presente edición en castellano para todo el mundo:
Penguin Random House Grupo Editorial, S. A. de C. V.
Blvd. Miguel de Cervantes Saavedra núm. 301, 1er piso,
colonia Granada, delegación Miguel Hidalgo, C. P. 11520,
Ciudad de México

www.megustaleer.com.mx

D. R. © 2013, Agustina Boni, por las ilustraciones

ISBN: 978-607-31-4691-3

Impreso en México – *Printed in Mexico*

Penguin
Random House
Grupo Editorial

A mis padres,
que apoyaron mi vocación
tan poco común.

De amiga a ¿ENEMIGA?

Nunca creí que iba a leer algo tan espantoso dirigido a mí. Pero acá está, en la pantalla de mi tablet. Un leve ruidito que suena así como *tintín* hizo que me fijara en las menciones de mi usuario en Twitter, mientras chateaba con mi prima Belén, y ahora estoy completamente paralizada con lo que estoy viendo.

Ya antes había tenido una sensación como de que algo malo iba a pasar. Premonición, le dicen algunos... pero no le hice caso. Sin embargo, debo de tener algo de bruja porque pocas cosas pueden ser peores que esta acusación que estoy leyendo.

Tiene una sola palabra escrita en mayúsculas, pero dice mucho... muchísimo. Porque es destructiva. Dolorosa. Y la pantalla la muestra bien clarito:

@Coti34star @mica14demi TRAIDORA

En realidad, si alguien me hubiera acusado de ser eso, una traidora, me habría afectado horriblemente, porque soy muy sensible... Pero que esa acusación la haya escrito y pensado Coti, mi mejor amiga, es algo que no le deseo a nadie.

Lo que siento en este instante es tan desgarrador que ni siquiera puedo razonar con coherencia. ¿Por qué me escribió en Twitter en vez de mandarme un sms, que sabe que leo al

9

instante? ¡No entiendo! Bueno, sé que no tiene mi nuevo número de cel, pero podría haber buscado otra manera de no exponerme tanto…

O sea, puedo comprender que no quiera hablar conmigo, que no soporte escuchar mi voz o… no sé, que no me quiera ver más, pero pensar eso de mí, con lo que nos conocemos, es… es… Bueno, no tengo ya manera de describirlo. Y hacérmelo saber a través de una red social no deja de ser rarísimo… ¿no?

De repente, con pánico, comprendo todo de golpe. Si es lo que estoy pensando, la cosa va a ser aún peor. Voy a Interacciones en Twitter, y me encuentro con lo mismo:

@Coti34star @mica14demi TRAIDORA

¡Me quiero morir! Lo hizo público a todos sus contactos… y no sólo eso, sino que está retuiteado por una de sus amigas megapopulares, que tiene casi dos mil seguidores:

@Princesitahermosa RT @Coti34star @mica14demi TRAIDORA

¡Claro! Quiso que todo el mundo se enterara de lo que piensa de mí. Y por supuesto que lo debe de haber logrado, porque esa tal princesitahermosa tiene conectados todos sus posts de Twitter en su Facebook, es decir que ahora ese mensaje lo debe de haber leído por lo menos medio país.

Bue, estoy exagerando, pero para mí es lo mismo porque seguro ya lo leyó alguien de la secundaria, alguien de la academia, alguien del club, alguien de mi zona... y el chismerío vuela, así que a estas alturas todos mis conocidos deben de estar pensando que hice algo horripilante, que soy una porquería, una pésima amiga y vaya uno a saber qué más... Y me van a dar la espalda. ¿Qué hago? Las preguntas se me agolpan una tras otra: ¿Fui de verdad una traidora? ¿Es cierto que falté a mi palabra? ¿Tendría que haber actuado distinto? ¿Había acaso otra salida mejor?

¡Estoy tan confundida! Siento que me arden los ojos... y sé que estoy conteniendo las lágrimas. Intento recordar exactamente cómo fue que llegamos a lo que llegamos, pero la memoria me falla porque el dolor me paralizó hasta la capacidad de recordar. Sólo quiero tirarme en la cama y dormirme esperando que esto sea una pesadilla de la que me voy a despertar y de la que me voy a reír más adelante.

Pero no soy tonta ni ilusa. Sé lo que hice y sé que tuvo consecuencias no sólo para mí, sino para Coti y su familia. Ya soy grande, no tengo ocho años, así que soy consciente de lo que hago, aunque confieso que a veces me siento perdida si no me indican qué hacer.

Debe de ser porque estoy tan acostumbrada a recibir órdenes y aceptarlas sin cuestionar que no me imagino tomando mis propias decisiones o diciendo que no a algo que no quiero. Tuvo que suceder todo lo que pasó para que yo, finalmente, admitiera que las clases de gimnasia artística, que

11

de chica me gustaban, ahora hacía tiempo que me aburrían y me pesaban un montón.

Si hiciera lo que de verdad quiero, tendría que decirles a mis padres que mi vocación es ser escritora, pero no de novelas, sino de poesías. Y anotarme en… no sé… en un taller literario. Pero creo que les daría un ataque cardiaco y no me puedo arriesgar, ni a eso, ni a que se arme un ambiente podrido en casa, que ya de por sí no es Disneylandia.

Quisiera ser diferente y tener la capacidad de expresar lo que de verdad siento. Sin embargo, termino callándome y haciendo lo que se espera de mí.

Soy soñadora por naturaleza, me gustan la paz, el silencio y la tranquilidad; las peleas o los lugares donde el aire se corta con tijera, como dice el dicho, me deprimen un montón. Así que busco la forma de no tener ningún tipo de confrontación.

«¡Qué modosita!», dicen las amigas de mi abuela… Seguro les gusta lo que yo odio: esa manera de mostrarme taaaan educada y predecible. La hija perfecta. La nieta perfecta. La alumna perfecta.

Mi madre dice que soy demasiado insegura, que debería tener más confianza en mí misma, que eso se proyecta, que la gente lo percibe, y no sé cuántas cosas más… Pero yo soy como soy, por más que quiera ser fuerte o decidida no es algo que toque con una varita mágica y se cambie de golpe. ¡Ojalá fuera tan sencillo! Pero a mí me parece que uno nace como nace y que hay cosas que son difíciles de cambiar de la personalidad y de la manera de ver el mundo…

Admiro a esas chicas que van a algún lado donde no conocen a nadie, se presentan y al rato están charlando con todos como si fueran amigos desde siempre. Yo no puedo. Se me traba la lengua, empiezo a tartamudear, se me levanta la ceja (porque cuando me pongo nerviosa, arranco con un poco de tartamudeo y simultáneamente la ceja derecha se me sube solita… ¡horrible!), me siento poca cosa y termino en un rincón observando a los demás e intentando pasar desapercibida.

Soy el polo opuesto a mi mamá, que donde va se transforma en una estrella que brilla con luz propia… Ella entra en un lugar y enseguida se vuelve el centro de atención, mientras que yo quedo relegada a su sombra. Y, aunque trata de integrarme, no dejo de ser «la hija de Laura».

Ni siquiera recuerdan mi nombre: *Micaela*.

«¿Cómo era que te llamabas?», me preguntan veinte veces a lo largo de la reunión. Un bajón. Y cada vez que me vuelven a preguntar lo mismo más me achico, hasta transformarme, en mi mente, en un pececillo de plata que se enrosca y se vuelve una diminuta bolita, escondiendo la cabeza. Mi madre se enoja mal y, cuando nos vamos, lo primero que hace cuando se sube al auto es comenzar con toda la perorata de que la avergüenzo con mi actitud antisocial, mi falta de soltura para entablar diálogos, etcétera, etcétera. Y a mí me hace sentir más inútil todavía y me voy volviendo más retraída, más pequeñita, más poquita cosa. Sé que tendría que hacer un esfuerzo y juro que lo hago, pero... Pero ¡no me sale!

Además, una vez que decido algo tan fundamental, como lo de Coti, y encaro lo que creía que era lo mejor para ella, termina como terminó: con su alejamiento y la peor acusación que podría recibir.

Traidora. La palabra me retumba en la cabeza y en el corazón.

Así que es muy probable que no pueda cambiar, que dependa toda mi existencia de lo que me indiquen que tengo que hacer para no meter más la pata... Aunque sigo pensando que no me equivoqué y que hice lo que una amiga de verdad hubiera hecho, lo cierto es que por eso perdí a mi amiga y seguramente me haya ganado una enemiga.

La pantallita parpadea. Belén me pregunta qué pasa, en el chat. No puedo responder. Estoy completamente en shock. Sería mejor llamarla y explicarle. Necesito que alguien me consuele, que me diga que no soy mala, que no me equivoqué, que hice lo correcto... Y ella sabe todo lo que pasó.

Busco mi cel en el cajón de la mesa de noche. No está. Lo busco dentro de mi mochila, que está apoyada en la silla del escritorio.

Nerviosa, con las manos temblando, revuelvo los bolsillos internos y doy vuelta el montón de cosas que tengo dentro: un lápiz labial, mi agenda preferida, un espejito, broches de pelo, una toalla femenina (por las dudas siempre llevo una), un cuaderno de apuntes donde escribo mis poesías, pañuelos desechables, varios clips... hasta que lo toco, suave, liso y frío. Es el smartphone que me trajeron de Estados Unidos y que tiene de fondo de pantalla a mi gran inspiración: Demi Lovato. Miro su foto y tomo coraje.

Cuando estoy por llamar a mi prima, me freno. No puedo hablarle así, en este estado. Estoy al borde del llanto y no la quiero preocupar. Tengo que calmarme y meditar bien antes de seguir enredándome y enredando a los demás en este lío gigante. Suspiro hondo e intento respirar profundamente. Vuelvo a la tablet y al chat, al mundo de Internet que está prohibido para mí, lo sé. Pero no me queda otra, tengo que hacerlo ahora más que nunca.

Mica: perdona, belu pero me tengo q ir :S
Belu: todo bien, hablamos desp ♥
Mica: sale, mamá me llama a comer u.u
Belu: tranki, desp seguimos
Mica: bss, tqm
Belu: yo +

Apago la tablet y también el smartphone. Sé que Belu pronto va a abrir Twitter, va a leer la acusación y me va a llamar. Y no quiero hablar ahora. Necesito estar sola. Necesito llorar. Necesito pensar en mi vida. En mí.

mi FAMILIA glamorosa

Creo que hasta ese día no fui consciente de que mi familia era distinta a la mayoría de las familias de Uruguay. No tengo muchos recuerdos de estar en alguna plaza pública, pero una situación que pasé me quedó como marcadísima. Estaba en una de las plazas supercuidadas y arboladas cerca de mi casa, con Petra, que le gustaba sacarme a pasear porque según ella «no hay cosa mejor que airearse», cuando una niña —después de ver la muñeca Barbie que llevaba conmigo y varios accesorios originales, como su novio Ken y un auto descapotable rosa, que mis padres me habían traído de un viaje— me dijo, con los ojos brillantes:

—Tú eres rica.

¿Cuántos años tendría yo ahí? Mmm… Tal vez cinco o seis. Y demoré bastante en darme cuenta de que, de verdad, éramos ricos. No millonarios. Los millonarios tienen limusinas y van en aviones privados, como se ve en la tele o los que vi en los viajes que hicimos. Pero sí somos de buena posición económica, como dice mi papá. Muy buena. Vivimos en la zona más privilegiada de Montevideo, la ropa la compramos en el exterior, tenemos una casa frente al mar en Punta del Este y viajamos un chorro de veces al año. De mis amigas, soy la que más países conoce (¡y eso que no tengo quince todavía!). Fui a Canadá, Holanda, Japón, Noruega, Rusia, yo qué sé... ¡ya perdí la cuenta!

Una vez por semana viene una peluquera a casa para peinar a mi mamá y depilarla. También le arregla las manos y, si está estresada, masajes y piedras calientes. Hay una salita especialmente acondicionada para ella.

Mis padres tienen un gimnasio en el sótano de casa y están pensando en climatizar la piscina que tenemos en el jardín porque mamá dice que así se podría usar todo el año y no sólo los meses de calor, que por lo general ni estamos en la ciudad. Aunque mi dormitorio es en suite, no tengo jacuzzi, pero mis papás sí, y es enorme.

El dormitorio de Franco, mi hermano, es gigante y cuando paso por delante de su puerta se me encoge el alma. Lo extraño. Mucho más de lo que me había imaginado... Además, estando él yo no tenía tanto miedo. Sé que los últimos días él estaba insoportable y hasta una vez deseé que se fuera de una vez. Pero es que estaba agresivo con todo el mundo y lo único que hacía era estar tirado en su cama con el mp6 o jugando con el Wii, y ya no me escuchaba como antes.

Él y yo teníamos terrible relación, porque siempre me protegió. Cuando nací, Franco tenía tres años, y los primeros tiempos, hasta que él cumplió siete, dormimos en la misma habitación. Obvio, no por falta de espacio. La casa en la que vivíamos entonces era también enorme, no tanto como ésta, pero sí grande. Sin embargo, Petra me contó que yo lloraba como loca en la habitación que me habían preparado para mí y que el único que podía hacer que me calmara era mi hermano. Dicen que me ponían la cuna al lado de su cama y listo. ¡Me transformaba en una niña risueña como por arte de magia!

Creo que Franco me estiraba la mano desde su cama y yo me prendía a sus dedos, y dormíamos así toda la noche. No sé si me lo imaginé o sucedió de verdad... Sólo sé que tengo esa sensación de que era lo que ocurría y que por eso yo me sentía tan bien durmiendo a su lado.

Tampoco tengo recuerdos claros de cuando mis padres nos obligaron a separarnos, pero sí conservo superbién el temor y la amargura que sentí cuando, a los cuatro años, comencé a dormir sola, para mí un espacio desconocido en el que estaba durante el día, pero que me daba terror en la noche. Siguiendo los consejos de no sé qué pediatra y no sé qué libro, me dejaron llorar y llorar hasta que un día se ve que me acostumbré. Pero, según mis padres, ¡pasaron un suplicio!

Fui siempre muy unida a Franco... En la escuela era el que me defendía de cualquier lío o problema, y una vez se peleó con un amigo de su clase que le dijo que yo era linda. Sí, es bastante celoso, ¡incluso más que mi papá! Y cuando nos sentíamos desprotegidos, alcanzaba con mirarnos para saber que el otro estaba ahí y sentirnos mejor. Por eso lo extraño tanto, tanto, tanto...

¡Es tan grande mi casa que ni loca me quedo sola, aunque esté la torre del vigilante afuera! Por suerte siempre está Petra, eso me tranquiliza… pero si no estuviera, no sé qué haría porque mis padres salen todas las noches y yo quedo sola.

Petra vive con nosotros desde que yo era chiquita y tiene una habitación en el área de servicio, en el otro extremo de la casa, al lado de la cocina. Lleva el pelo corto, teñido de negro y siempre usa su uniforme: una túnica color azul y delantal blanco. Mamá se lo manda a hacer a medida todos los años, porque con el paso del tiempo Petra ha aumentado de peso. Y además mi madre no toleraría que el uniforme luciera gastado, manchado o sin planchar. En eso, como en varias cosas más, es intransigente. Y aunque pueda parecer exagerado, mi madre le pide a la modista tres juegos de uniformes: de invierno y de verano. La misma modista que le hace el uniforme a Petra, hace el uniforme de la mucama de la abuela Clopén. Petra es de un lugar de Canelones que se llama San Jacinto. Como no tiene familia, nunca sale de casa, ni siquiera los fines de semana. A veces se va a caminar, pero vuelve enseguida. No le gusta la ciudad.

La entiendo. A mí tampoco me apasiona. Y menos cuando Belén me cuenta que en su pueblo deja la bici en cualquier lado y sin candado, sale sin problemas a hacer mandados o a caminar hasta la casa de alguna amiga sin ningún miedo de que le pase algo. Así y todo, ¡Belén muere por vivir en Montevideo!

¿Por qué será que siempre queremos lo que no tenemos, pero no valoramos lo que sí tenemos? ¡Puf! Es un pensamiento complicado como los que me vienen a veces... y que me llevan a escribir mis amadas poesías.

Dice mi mamá que «Petra se encarga de que la casa funcione». Dirige a las personas que hacen la limpieza a fondo. Le encanta cocinar, pero limpiar no tanto, así que para que todo funcione a la perfección, mi madre contrató a una empresa de limpieza que viene dos veces a la semana. Por supuesto que el equipo de jardineros tiene que venir, al menos, una vez por semana en verano y cada dos semanas en invierno para mantener impecable el césped del jardín y también del parque de atrás. De eso Petra no se encarga, pero igual le gusta decirles y remarcarles lo que tienen que hacer. Por ejemplo, sabe que a mi mamá le encantan las flores y siempre hace colocar plantas para que no falten en ninguna época del año.

Ella tampoco hace el mantenimiento de la piscina. Para eso tenemos otra empresa que se especializa en ese tipo de limpiezas. ¡La piscina está increíble! Esos días de calor, antes de irnos a la casa de Punta del Este, ¡la disfruto a full!

Un amigo de papá, al que le encanta tener lo último en tecnología, le dijo que había puesto intercomunicadores en la casa. Mi padre vino feliz y mandó instalar lo mismo, así que, por ejemplo, para almorzar o para preguntar algo mis papás no tienen por qué venir a mi cuarto ni yo buscarlos por toda la casa: alcanza con que yo apriete un botón y hable. Desde donde estén, acá dentro, me responden. Y si no me responden, sé que no están. La mayoría de las veces no están.

Aunque la sala es preciosa, con una estufa a leña y ventanales del piso al techo que le dan un montón de luz, nunca la usamos. Sólo si la familia decide festejar fin de año o Navidad en casa, y viene la abuela Clopén. Esos ventanales de la sala dan a la calle y ahí mismo colocamos el árbol de Navidad cada ocho de diciembre. Este año es de esos enormes con adornos hechos de hilo cáñamo labrado. Petra y yo somos las encargadas de armarlo. Antes venía un decorador, pero Petra se ofreció a armarlo y mis padres aceptaron. Yo la ayudo porque me divierte, obvio que a mis padres no. Creo que les da flojera. Cuando lo veo terminado, ¡queda tan lindo!

Igual debo confesar una cosa: no me gustan para nada las fiestas. No sé por qué, me ponen supertriste, me angustian mal. Desde hace unos años, llega diciembre y empiezo a sentir como un nudito en el pecho, algo amargo que me sube y me baja… Pero disimulo, claro.

De todas maneras, armamos el arbolito para no desentonar con los vecinos, porque «no existe la casa sin un buen árbol de Navidad», como dice mi mamá. Pero no es que lo hagamos por motivos religiosos.

Mis padres, de hecho, no creen en nada. Para ellos la vida es así: naces, vives, mueres y adiós. A mí me gusta pensar que hay algo más que eso.

22

Leí que algunos creen en la reencarnación, que te mueres y después vuelves a nacer, pero en otro cuerpo. Me parece medio loco eso, pero puede ser, ¿no? Igual no me cuadra tampoco.

Yo lo que pienso es que tenemos alma y que el alma nunca se muere, porque es algo tan puro que nadie lo puede hacer desaparecer. No sé si haya alguna religión así; si hubiera, yo sería de esa religión.

¡Sí, sí! ¡Éste es otro de mis pensamientos filosóficos! Me acuerdo que cuando empecé a preguntarme cosas sobre Dios tenía trece años: pensé en si existiría de verdad y el trabajo que tendría si existiera y, en un momento de demencia, me pregunté si alguna vez me propusieran ser Dios... qué pasaría... ¿aceptaría o no? Y el poema salió solito, de un tirón, y quedó plasmado en mi cuaderno de poesías:

Aunque Dios quisiera ser
yo nunca podría:
la gente me asusta
con su rebeldía.
Aunque Dios quisiera ser
yo jamás aceptaría,
y en lugar de abrirlos
mis ojos cerraría.
Aunque Dios quisiera ser
la gente no lo querría,
¿cómo aceptar a un Dios
de trece años de sabiduría?

Aunque Dios quisiera ser
la vida misma lo negaría
al saber que al ver dolor
me estremecería.
Aunque Dios quisiera ser
yo jamás un *sí* daría
porque al ver sufrir
lloraría, lloraría.
Y todos los días
llovería, llovería.

Seguro que si mi madre leyera esto me diría que soy loca y flor de ilusa, además de cursi (o débil, aunque nunca se animó a llamarme así directamente, pero sé que lo piensa y no la culpo, porque yo también pienso que lo soy)…

Al cumplir los catorce, empecé a colaborar en un merendero los sábados. Siempre había querido hacer algo así, y cuando a la escuela fue una organización buscando voluntarios para trabajar en distintos centros de ayuda, me anoté. Mis padres al principio se negaron, sobre todo mi papá, diciendo que el ambiente no era para mí, que no estaba lista para ver las cosas que iba a ver, los peligros que podía correr ni tampoco mezclarme con esa clase de gente.

—¡Qué disparate, mi amor! ¿Tú en un merendero? ¡Por favor, no tienes idea! —dijo papá.

—Pero, papi, yo quiero ayu…

—Mira, a mí me parece una locura también, Gona, pero no sé, tal vez… —intervino mamá.

—Lau, ¿estás loca? Esta niña fue criada lejos de todo ese mundo. Ella no pertenece a ese lugar, ¿qué le aportaría? Con todo lo que le hemos brindado eso sería como dar un paso atrás, ¿entiendes?

—Ya sé, amor, no digo que vaya, pero pienso que tal vez, con varios cuidados, no sería tan mala idea que viera otras realidades.

—Para eso es que viajamos, ¿no? ¡Ahí ve otras culturas! —acotó papá, indignado.

—¡No es lo mismo, Gonzalo!

—¿Puedo decir algo? —pregunté.

—¡No! Estamos hablando tu padre y yo, Micaela.

—Pero… —insistí.

—Tampoco quiero ser el culpable de que esta chica no vea otras realidades, como dijiste tú, Lau. Pero sinceramente no encuentro que ir a un merendero o vincularse con ese tipo de gente le aporte en algo a su educación.

—Yo creo que sí, Gona. Prácticamente no sale de este círculo, que está increíble, pero conocer otra cosa la puede ayudar a valorar más lo que tiene.

—No sé… Si a ti te parece que es bueno para ella… ¡Lo que te digo es que a mi madre le va a dar un síncope! —dijo papá, poniéndose la mano en el corazón, como si estuviera viviendo un infarto.

—Ya sé, pero bueno, podemos ir de a poco, tampoco tiene por qué enterarse enseguida.

—Parece como que fuera una vergüenza, cuando yo lo que quiero es… —volví a intentar decir algo.

—No entiendes, Miki. ¿Puedes dejarnos razonar un poco? —preguntó mamá.

—Mira, amor, si te parece que sí, entonces que vaya. Pero nada de ir y regresar sola. Y lo hacemos a modo de prueba, a ver cómo resulta —concluyó papá.

Así que todos los sábados iba en taxi al merendero La Abejita, que está en las afueras de la ciudad. No me dejaron por nada del mundo ir en transporte público. Bueno, nunca ando en autobús, y la verdad es que me dan muchos nervios no saber qué hacer o si me paso de la parada. La gente debe creer que estoy terriblemente consentida, pero ¡no estoy acostumbrada!

Y lo cierto es que colaborar en ese centro me abrió muuuucho la cabeza. Los niños que van ahí no tienen qué comer en sus casas y a veces ni siquiera ropa abrigadora para ponerse en invierno. Por eso, cuando vuelvo del merendero a mi hogar calientito, siento culpa. ¿Por qué algunos tanto y otros tan poco?

Una vez le comenté eso a mi padre y casi le dio un ataque: me dijo que ése era un pensamiento anticapitalista, que en cualquier momento me volvía comunista y no sé qué más. No entendí nada, pero seguí pensando lo mismo. Debería ser más justo para todos. Digo, todos deberíamos poder comer, abrigarnos, en fin, contar con lo mínimo para vivir.

Por supuesto que de todo eso surgió una cantidad extra de poesías que engrosaron mi cuaderno… con preguntas acerca de la justicia, de la pobreza, de la riqueza, del desamor, de la soledad… Poemas que nunca les mostré a mis padres… porque no los entenderían.

¡Son tan distintos! Tan seguros de ellos mismos, tan, tan… ¡tan ellos! (Y, aunque me cueste decirlo, ¡tan indiferentes a lo que les sucede a los demás!)

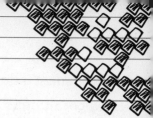

Padres a MIL por hora

Lo que pasa es que tienen muchos compromisos de trabajo...
Papá es dueño de un despacho de abogados y mamá es economista. Además, mi abuelo tenía una fábrica de ropa interior y para bebés, y eso lo heredó mi abuela Clopén cuando él murió, pero lo administra mi madre y según ella «funciona muy bien y deja buenos dividendos». ¿En palabras normales? Que deja lana. Lo que pasa es que mamá empezó a ver que no daba mucho dinero y entonces se le ocurrió traer de Estados Unidos juguetes novedosos para bebés, que acá no había, y después siguió trayendo otras cosas, y siempre anda contándonos de algún nuevo descubrimiento. Mi madre es súper negociando. En la zona donde vivimos, viven también la mayoría de sus clientes y a veces piden algo en especial, y ella lo consigue desde cualquier parte del mundo. Es genial en eso, a mí no se me ocurriría nada, ¡así que seguro sería un negocio desastroso si lo manejara yo!

Aparte del trabajo, papá (que se llama Gonzalo, pero los amigos y mamá le dicen Gona) es fanático del deporte y corre maratones y hasta hace triatlones cuando tiene el tiempo de prepararse bien y viajar, entonces tiene que entrenar mucho. Usa el gimnasio de casa, pero también sale a correr todos los días y juega tenis varias veces por semana.

Es fanático de la ropa y los accesorios deportivos. ¡Se vuelve loco! Aunque tiene 45 años, no los aparenta ni ahí. Le calculas muchos menos.

Lo mismo pasa con mamá, que tiene 42, pero nadie jamás le calcula esa edad. Es común que nos pregunten si somos hermanas. A mí me molesta, ella es mi madre y quiero que la vean como mi madre, pero a mamá la hace refeliz que le digan eso y pone esa sonrisa conquistadora que deja embobado a todo el mundo.

Tiene el pelo largo, un poco por arriba de la cintura, lo usa lacio y el estilista le hace un tratamiento especial que se lo deja superbrillante. Mi color de ojos seguro es por su lado, porque las dos los tenemos color miel. Y creo que mi pelo también es del color verdadero del de ella: un castaño oscuro-oscuro y algo rizado.

En fotos que vi de cuando ella era adolescente, ¡parecía otra persona!

Mis amigas dicen que mamá es superlinda… y una vez escuché a los varones de mi clase, cuando ella me pasó a recoger al colegio, decir: «Wow, ¡cómo está la madre de Mica!». Eso me recontramolestó y se lo dije a mamá, pero no le dio importancia. Sólo se rió y dijo que eran unos niños.

Hasta el año pasado usábamos prácticamente la misma talla de ropa. Me acuerdo de la vez que fuimos a comprarme unos jeans. Yo hubiera elegido algo común y corriente, pero mi madre dijo que deslavados era «el último grito de la moda» (¡ja!, ¡como si la moda gritara!) y me lo hizo probar. Me quedaba bastante bien, aunque no era mi estilo. Y entonces apareció la vendedora:

—¿Y? ¿Cómo te quedó, gordi? —preguntó, corriéndome la cortina del probador de golpe. ¡Me revienta que hagan eso! Primero me quiero ver yo, mirarme, ¡y no ponerme en exposición ante una extraña! Pero, como siempre, esbocé una sonrisa tímida.

—Más o menos… Es que no es muy mi estilo.

—¿Cómo que no es tu estilo? ¡Se usa un montón! ¡Y te queda precioso! —dijo mamá, mientras me hacía dar vuelta para verme desde todos los ángulos.

—No sé, es que así tan gastado…

—Mira, amor, para mí te queda hermoso —dijo con voz melosa la vendedora—. Pero si no te gusta tanto, ¿por qué no se lo prueba tu hermana? Así, si a ella le queda se lo lleva y si tú te arrepientes te lo puede prestar —concluyó, guiñándonos un ojo.

—No es mi hermana, es mi madre —contesté, con voz seca, pero en un murmullo bajo.

—¡Siempre nos confunden, no te preocupes! —dijo mi madre, tocándole el codo a la vendedora—. Miki, ¿sabes qué? Me parece increíble la idea. Me lo pruebo y si me queda, ¡lo llevamos y lo compartimos!

Por supuesto que a mi madre le quedó alucinante. Y por supuesto que nos fuimos de la tienda con el pantalón y dos playeras de la misma talla, una para mamá y otra para mí, haciendo juego con la onda «gastada».

Pero no sólo mi mamá es linda físicamente. Mi padre también. A veces mamá le dice jorobando que es idéntico a Johnny Depp, ¡qué bobada! ¡Nada que ver! Para empezar, mi padre jamás usaría el pelo tan largo como Johnny Depp. Siempre lo tiene corto y se pasa algo de gel para que le quede apenas paradito. Y para terminar, no usa lentes. ¡Así que ni ahí! ¡Papá es muuuucho más lindo!

De él estoy segura que heredé los labios gruesos y como delineados, y la nariz levemente achatada. Lo que seguro no heredé ni de mi madre ni de mi padre son los granos que me salen en la espalda, cerca de la nuca y en los hombros. Son espantosos y hacen que no pueda usar playeras de tirantes. Es un suplicio cada vez que tengo una fiesta de quince, porque no hay vestido que te cubra esa zona y tengo que usar un chal corto. Mamá me compró varios de distintos tonos para irlos combinando, pero estoy harta, me gustaría cortarlos con tijera y no verlos más, sentirme libre de ponerme lo que quiero, aunque el resto hable de lo horrenda que tengo la espalda o el asco que les da.

Pero eso sólo lo pienso y lo borro enseguida de mi cabeza, no tiene sentido hacerme la rebelde si, total, al final no voy a hacer nada de nada. Llegado el momento, me voy a poner lo que me digan y el chal que quede con el vestido y punto.

Tampoco heredé de ellos el cutis tan blanco que se sonroja en una milésima de segundo ante cualquier situación incómoda… Ni mi madre ni mi padre se sonrojan, pero por suerte Franco sí: ¡al menos no me siento tan diferente en mi propia familia!

Mi padre es bastante más alto que mamá, y Franco es todavía más alto que mi padre. Cuando dio el estirón (como dicen los adultos), ¡se estiró literalmente! Era gordito y pasó a ser flaco casi de golpe. A mí me pasó algo similar. En tercero de primaria parecía un corcho. Así me decían, aunque lo cierto es que otra se podría haber traumado, a mí me daba ternura que me llamaran así (sí, debo de tener algún tornillo suelto, como me dice Petra), pero después, cuando me desarrollé, en sexto de primaria, me cambió el cuerpo y quedé estilizada.

¡Mamá me contó que a ella le había pasado exactamente lo mismo! ¡No me imagino a mi madre como un corchito!

Los dos forman esas parejas que uno ve y piensa que son perfectas. Y la abuela Clopén no deja de repetir en sus tés con amigas que no podría haber tenido mejor nuera que mamá ni mejores nietos que mi hermano y yo, quienes supuestamente heredamos el buen gusto. Hasta el día de hoy no sé bien qué significa *buen gusto*, porque la ropa me la elige mamá (aunque le rogué mil veces que me dejara elegirla a mí) y hasta mi cuarto lo mandaron arreglar con un decorador de interiores.

Con la ropa, no es que no me guste lo que me pongo, pero no me emociona tanto la moda como a mi madre, me parece que soy más clásica. Una vez hice un test en una revista y me salió eso, que soy clásica… Mamá va más a la moda y me compra (o me compraba, más bien) lo que se usa.

En su vestidor directamente me mareo de ver todo lo que tiene, organizado por color. Ella quiere hacerme uno igual en mi habitación, pero para eso tendría que sacrificar mi *espacio rincón mágico*, como le digo yo a una especie de minicuarto en mi dormitorio, que uso para escribir mis poemas y soñar. Ahí es en el único lugar en el que mis padres me dejan tener mis tesoros, porque dicen que mis cosas no combinan con la decoración y que quedan feas: pósters y recortes de Demi Lovato, letras de sus canciones, cartas que le escribí a ella (y nunca le mandé porque no sé a dónde) pegadas en un panel de corcho, hadas de tul colgando y poemas de Gustavo Adolfo Bécquer, mi poeta preferido. En ese espacio es en los pocos sitios donde me siento yo. En los demás lugares y situaciones, intento ser lo que los demás esperan que sea… como me sucedía con el grupo de las Princesas de la secundaria.

PRINCESAS

La gente dice que pasar de la primaria a la secundaria es difícil, que te pones renerviosa y tienes que acostumbrarte a otras cosas, como, por ejemplo, a la cantidad de profesores y materias, tomar apuntes rápido y bla, bla, bla.

Pero para mí fue todavía peor que eso porque no sólo me tuve que acostumbrar a los nervios de tener varios profes y tomar apuntes a la velocidad de la luz, sino también a que me aceptaran en un lugar nuevo. Es que la escuela a la que iba tenía sólo hasta sexto, así que mis padres me anotaron en la misma escuela que iba mi hermano, que queda cerca de casa, es doble horario y bilingüe, igual que el colegio al que iba.

Papá discutió bastante con mi madre porque le reprochó no haberle hecho caso. Desde el principio mi padre quiso que mi hermano y yo fuéramos al colegio al que él y sus amigos habían ido toda la vida, pero mi madre en aquel entonces le había contestado que ese colegio se había quedado atrasado en cuanto al sistema de educación y, al final, aunque mi padre protestó, nos inscribieron en uno diferente, donde les aseguraron que cuando pasáramos a la secu ya tendrían la habilitación para abrir la sección de Secundaria, cosa que no pasó y por lo que tuve que comenzar la secundaria en otro lado.

Mamá y la madre de Coti, que tienen el mismo personal trainer y muchas veces coinciden en el gimnasio, se pusieron de acuerdo para que las dos entráramos juntas y así no nos sintiéramos tan solas al principio. Hasta hablaron en la Dirección para que nos ubicaran en la misma clase. Eso fue bueno, porque yo estaba temblando por la incertidumbre de tanto cambio. Tener que dejar el colegio que conocía hasta entonces para meterme en otro lado me hizo hasta llorar de nervios en las noches previas a empezar.

Me alivió saber que Coti también se cambiaba para el mismo lugar. En ese entonces, Coti y yo éramos ya *bestas*, porque no sólo éramos compañeras de cole (aunque no de clase), sino que compartíamos el instituto de gimnasia artística desde los seis años. Teníamos práctica tres veces por semana luego de terminar el horario escolar.

Vivimos a pocas cuadras la una de la otra y es superespecial para mí. Dos por tres me angustia pensar en que esté triste, ¡porque la conozco tanto! Por lo general es alegre, pero muchas veces queda con la mirada perdida y sé en lo que piensa. Lo molesto para Coti es que, aunque su madre no trabaja y eso hace que pueda (en teoría) estar más con ella, al que no ve casi nunca es a su padre, que tiene un trabajo de esos que te vas por seis meses, vienes por unos días y después te vuelves a ir. Marino mercante, creo que se llama. Cuando el padre viene es todo un acontecimiento, pero en realidad ella una vez me confesó lo que de verdad sentía por él.

Estábamos tomando jugo en el jardín de su casa, sentadas en la hamaca. El calor era insoportable y, aunque le había insistido a Coti para entrar, que se estaba mejor en la sala de juegos, con el aire acondicionado, ella no quiso saber de nada. Quería estar ahí afuera. Estaba tensa, se deshacía la colita y se la volvía a hacer cada vez más arriba. Yo empecé a reírme.

—¿De qué te ríes? —preguntó, con cara de póquer.

—¡De ti! Si sigues subiéndote la colita, ¡te va a quedar en la frente, Coti!

—¡Uf! Es que no puedo más de calor, tendríamos que estar en la piscina de tu casa, no acá.

—¡Pues vamos! O si no ya te dije que podemos ir a la sala de juegos, ponemos al máximo el aire y listo.

—No, no.

—¿Por? —le pregunté.

—Porque no. No tengo ganas ni de irme a tu casa ni de quedarme encerrada dentro de la mía —hizo una pausa y se arregló la tobillera que su padre le había traído de su último viaje.

—¿Qué? ¿No estás contenta de que viste a tu padre? —le pregunté, mientras pateaba el suelo con el pie derecho para hacer mover la hamaca.

—No —contestó, mirando al vacío. Y sin que yo le dijera nada, porque la verdad no sabía qué decirle, siguió—: Viene, se pasa unos días, invade mi casa y se va. ¿Quién se cree que es? Que mande lana no le da derecho. Lo odio —dijo, y me miró a la cara.

Mi pie paró de golpe y la hamaca se frenó en seco. Por poco nos tira. Es que jamás hubiera esperado esa respuesta. Tampoco sé lo que es odiar. No creo que lo haya dicho en serio, pero se le veía horrible. El problema es que no supe qué decir y cuando hice una mueca como para hablar, me cortó de tajo:

—Tú no entiendes, Mica, porque no vives esto.

—No, no vivo tu vida, pero puedo intentar entenderte si me explicas…

Sentí la respiración honda de Coti y de repente escuché su voz distorsionada por el llanto:

—¿Te la hago corta? Para mí, mi padre es un extraño. Siento rabia, molestia porque nos abandona. Viene, hace de cuenta que estuvo ayer, cuando hace seis meses que no lo vemos, y así como vino se va a seguir su vida por ahí. No tiene idea de las fiestas de fin de año del colegio, no me vio en ninguno de los campeonatos de artística, no sabe quién soy, pero se cree mi dueño porque es mi padre y paga mis gastos. Pero no me conoce y tampoco se mata demasiado por conocerme. ¿Te acuerdas de mi último cumple?, ¿con la compu sobre la mesa para que me enviara un beso a la distancia? ¡Eso no es estar cerca!

Me quedé tartamudeando una respuesta con la ceja derecha más levantada que nunca, pero no llegué a decir nada en voz alta porque mi amiga había salido corriendo y se había encerrado en el baño. Delia, la empleada que la crió de bebé, apareció unos minutos más tarde para decirme que Coti necesitaba descansar.

Al día siguiente vino a casa, a la piscina. Le dije que si quería hablar de su padre, que contara conmigo, pero nunca más volvió a tocar el tema así, en profundidad.

Cuando está con la mirada perdida le paso la mano por delante de los ojos. Ella se ríe y saca algún chocolate del bolso, porque siempre lleva por lo menos un par. Dice que su terapia para calmar esos sentimientos feos ¡son los dulces! ¡Se la pasa dale y dale comiendo golosinas de todo tipo!

Sé que Delia la quiere como a su propia nieta y que se preocupa un chorro por ella, y de hecho es la única de la que Coti escucha consejos, pero ni el enojo ni la insistencia de Delia para que comiera más sano hicieron que Constanza cambiara ese hábito.

—Porquerías, ¡eso es lo único que comes! ¡Puras porquerías! —rezongaba Delia, mientras Coti se reía y mordisqueaba algún chocolate.

—Es porque mi cuerpo me pide calorías, porque gasto muchas en la gimnasia artística —se justificaba.

—Entonces puedo hacerte un guiso de lentejas, que es nutritivo, te alimenta y es sano —solía contestarle Delia, con los brazos cruzados.

—No, gracias. ¡Esto es más rico! —le decía Coti, poniéndole el dulce cerca de los ojos a la pobre Delia, que se iba enojadísima a la cocina.

Coti es de cara redonda, tiene los ojos bien negros, escaso pelo castaño que usa peinado en una colita alta y tirante, que le deja los ojos un poco rasgados. Me encanta cuando se ríe porque se le forman hoyuelos. Lo que más llama la atención en ella es la agilidad. Es de esas chicas que nacieron para ser acróbatas o algo parecido, por eso le va tan bien en gimnasia artística. Los movimientos que hace resultan espectaculares (cuando los intento yo, parezco el jorobado de Notre Dame, como en la peli de Disney) y es una genia en las barras paralelas. Yo estuve como un mes para lograr dar una vuelta de carro completa en las barras sin caerme en el colchón de seguridad y ella lo logró en sólo dos clases.

Un día me partió el alma, porque había hecho un triple mortal perfecto, un salto repeligroso que le sale a muy pocas chicas, y entonces me habló:

—¿De qué me sirve si igual ni mi madre ni mi padre están ahí? —dijo, señalando los bancos donde estaban los familiares que habían ido a alentarnos.

Era una clase abierta y la única de su casa que había ido a verla era Delia, que le aplaudía como loca. Así que apenas fuimos al vestidor, se comió de corrido una tableta grande de chocolate, sin hablar con nadie.

Me senté a su lado y le pasé mi brazo por los hombros. No quería molestarla, pero a la vez quería que supiera que estaba ahí para ella. Recién al final, después de que nos duchamos y nos cambiamos, tuvimos una breve pero dolorosa conversación:

—Sólo quiero que me quieran —dijo, clavándome la mirada.

—Yo te quiero mucho —le respondí.

—Pero no alcanza —contestó, mientras una lágrima le recorría la mejilla y ella se la secaba disimuladamente con la manga de la sudadera.

Así que eso debe explicar por qué apenas entramos en la secundaria nueva, Coti se desesperó por formar parte del grupo más top, el de las chicas más populares y lindas, que se hacían llamar las Princesas. Ser parte de las Princesas significaba tener aseguradas las invitaciones a los mejores eventos, la admiración del resto, las miradas de los chicos más cool y, por sobre todas las cosas, la aceptación. Algo que Coti necesitaba desesperadamente, y ¡para qué mentir!: yo también.

El grupo era liderado por Lali, la fundadora y presidenta. Ella había creado las reglas para formar parte de las Princesas, por ejemplo, nunca estar físicamente descuidada, jamás revelar nada de lo que se hablara o hiciera en el grupo, apoyar la decisión de la mayoría, aunque una no estuviera de acuerdo, pero en este punto había una aclaración: el voto de Lali, por ser la líder, valía por tres. Además manejaba una tabla de puntos que debíamos superar semana a semana para continuar con el derecho a ser una princesa. Generaban mayor puntaje la postura bien erguida, una manera de caminar con pasos largos y firmes en el corredor de la secundaria, usar términos fashion al hablar y un montón de otras estupideces.

En el momento en que leí todo eso me causó muchísima gracia y se lo iba a comentar a Coti, cuando ella me ganó de antemano:

—¡Esto es reeeecool! ¿No te parece? Ay, me muero, estas chicas sí saben lo que hacen y lo tienen todo planeado, ¡hasta por escrito! ¡Qué diosas! Me encantan. Yo quiero ser como Lali algún día.

—¿Como Lali? ¿Por?

—¿No ves? Es la que la tiene más clara. Es la más respetada y querida por el resto. ¡Llegar a ser como ella debe de sentirse lo más!

—No sé, no estoy tan convencida… Eso de tener que caminar de tal forma y hablar de tal otra, como que no eres tú…

—¡Ah, bueno, bueno! ¡No entendiste nada! Obvio que no eres tú, ¡eres tú en versión mejorada, nena! O sea, es como pulir una piedra sin valor y dejarla brillante.

—¿Crees? —pregunté, confundida.

—¡Seguro! Este grupo es lo máximo y nosotras ¡tenemos que estar ahí! Voy a hacer lo imposible para que nos dejen entrar. ¡Vas a ver!

Luego de Lali, en orden de importancia y puntaje, están Federica y Daniela. Las dos son superamigas desde antes de formar las Princesas. Las sigue Crista, una escandinava de pelo rubio, casi blanco, y ojos celestes, que vino a vivir a Uruguay por un tiempo junto a su padre diplomático y que habla poco español. Por último, por ser quien más le costó alcanzar los objetivos del grupo, está Guillermina, que sigue a las otras como una sombra. A veces me da pena.

El lema de las chicas es *Princesas como ellas*. Se refieren a actrices o cantantes que físicamente, y según sus parámetros, son un ejemplo a seguir: Miranda Cosgrove, Selena Gómez, Taylor Swift, Miley Cyrus, Victoria Justice y hace poco habían agregado también a Bella Thorne y quitado a Demi Lovato.

El primer año, mirábamos de lejos a las Princesas con total admiración, sobre todo Coti, pero para ellas éramos completamente inexistentes. Me llamaba la atención cómo se movían, cómo hablaban, cómo gesticulaban... ¡parecían perfectas!

En segundo año, Coti se la pasó alcahueteando a Lali. Me irritaba, pero también entendía la desesperación de mi amiga y la dejaba hacer. Si la hacía feliz, ¿qué más quería yo? Total...

Después de mil intentos y demostraciones, las Princesas nos aceptaron en su grupito selecto, en primera instancia, como periodo de prueba por un mes.

Para ese entonces ya estábamos en tercero de secundaria, era abril y yo tenía catorce años. Noté cómo de verdad había cambios en la manera en que el resto, incluso los profesores, se dirigían a nosotras.

Así que cuando pasó el mes y nos citaron en la casa de Lali estábamos archinerviosas. Las Princesas estaban más divinas y arregladas que de costumbre, así que aquello me intimidaba un poco. Coti y yo nos habíamos esmerado también, vistiendo ropa comprada exclusivamente para esa ocasión. Las chicas estaban sentadas y nosotras de pie frente a ellas. Parecía que íbamos a presentar un examen. Igual, igual. Al principio todas estaban serias y pensé que nuestros esfuerzos habían sido en vano, que nos habían rechazado y que era obvio que eso pasaría porque lograr alcanzar la perfección de ellas era como imposible. Pero de repente empezaron a reír, se pararon y vinieron a abrazarnos, gritando: «¡Bienvenidas, Princesas!». ¡No lo podía creer! ¡La emoción me dejó sin aliento y cuando miré de reojo a Coti estaba llorando! Nos entregaron un diploma que decía: «Princesa Oficial» y firmamos los papeles con las reglas impuestas por Lali. Coti estaba maravillada. Y, por mi parte, admito que formar parte de un grupo me hizo sentir algo hermoso: seguridad. Algo que no había experimentado antes. Porque si bien en la academia de gimnasia artística estaba dentro de un grupo, lo cierto es que nunca se formó una verdadera unión y cada una hacía lo suyo. Aunque nos veíamos seguido por las prácticas, no surgió jamás la onda de invitarnos a cumpleaños o hacer alguna pijamada. Teníamos una relación lejana, a pesar de que físicamente estuviéramos juntas. Es raro de explicar, pero en definitiva lo que puedo decir es que no conozco a mis compañeras de la academia más allá de verlas e interactuar en gimnasia con ellas.

A diferencia de esas chicas, las Princesas se juntaban todos los sábados turnándose de casas y hablaban sobre el nuevo look de tal o cual actriz, de cómo parecerse a fulana, de trucos para mejorar la piel… y a veces de chicos.

Aunque me sentía superficial, lo cierto es que terminé envuelta en esos diálogos tarados y hasta dejé por un tiempo de lado mi espacio mágico de poemas porque lo otro me consumía mucha energía: buscar atuendos, probar maquillajes y peinados, rogar para que mi pelo creciera (es que cuanto más largo, más puntaje teníamos; el de Lali era, por mucho, el más largo y brillante de todas). Ahora lo pienso y me quiero ahorcar, pero fue parte del proceso que viví y que me llevó a terminar en lo que terminé.

Fui tan ilusa que no me di cuenta de que eso que teníamos no era una verdadera amistad. No sabía qué sentían por dentro. Ellas jamás supieron, por ejemplo, que yo tenía mi espacio mágico y que escribía poemas desde chiquita. Sabía que si les contaba sobre eso se iban a burlar, así que preferí callar, como siempre hice, y mostrarme de la manera en que fuera más fácil que me aceptaran.

Por su parte, mi mamá las adoraba y amaba que las tuviera como amigas: chicas provenientes de familias poderosas, muy, muy lindas y, según mi madre, con el éxito asegurado. Así que se desvivía con detalles cada vez que tocaba hacer la reunión de los sábados en casa: mandaba decorar con un motivo diferente cada vez o compraba regalos para todas (aretes, labiales, un diario íntimo, a veces algún perfume que traía de sus viajes).

Mi casa se transformó así en una de las preferidas para reunirse, porque también las Princesas amaban nuestro gimnasio y venían a pasar la tarde con ropa deportiva. Nos ejercitábamos como locas mientras charlábamos sin parar. Bueno, en realidad charlaban ellas.

Con mucha tristeza, sentía cómo Coti se iba alejando de mí. Su vida comenzó a girar en torno a Lali y hasta físicamente se produjeron cambios que recién ahora entiendo y puedo evaluar. Pero lo peor de todo fue el cambio en la actitud. Coti ya no reía tanto como antes y estaba estresadísima por lucir divina y perfecta. Encima, andaba remisteriosa con un chico que supuestamente le gustaba y que, según ella, estaba muerto de amor también. Aunque le traté de sacar quién era o si lo conocía, no me dijo nada. Me daba terrible molestia, porque si éramos bestas, lo mínimo que podía hacer era confiar en mí. ¿De qué tenía miedo? ¿De que yo me enamorara del mismo? ¡Nada que ver!

—¿Te parece que me quede bien el pelo con la raya al costado? —me preguntó, mirándose al espejo.

—Sí, te queda relindo. Igual te queda bien de todas maneras. ¡Lo que pasa es que es raro verte sin tu colita alta!

—Ya sé, pero es que estuve practicando distintos peinados para impresionar a *mi chico* —dijo, toda sugerente.

—De lo único que hablas es de tu *chico misterioso*, me tienes harta —le dije, cruzándome de brazos.

—¡Tú porque quieres que te diga quién es y te pones celosa!

—No, no es eso, Coti, ni que no me conocieras. Pero no entiendo, somos amigas, se supone que nos contamos las cosas…

—Y también se supone que una respeta la intimidad de la otra si la otra se lo pide.

—Bueno, no voy a discutir. Ya fue. Haz lo tuyo.

—Obvio que hago lo mío, pero no por eso vamos a dejar de ser amigas.

—Ya sé que no, pero siento que no me entiendes o que no confías en mí. O lo que es peor, ¡que tal vez creas que yo puedo enamorarme o bajártelo!

Empezó a reírse como histérica. Yo no le encontraba la gracia.

—Perdón, perdón… esa risa tuya, ¿qué onda?

—No entiendes: es *imposible* que él se fije en ti, por lo menos en ese sentido, porque además está muerto, muertísimo por mí.

—¿Desde cuándo te sientes taaaan segura de ti misma? ¿Y tan, no sé, tan linda? Estás como Lali, que todo bien, pero se cree mil.

—No, no, no. Yo no es que me crea mil, pero él me dice… Ya, no importa. Déjalo así. ¿Podemos cambiar de tema, por favor?

¡Qué sensación tan fea! Su risa la interpreté como que Coti pensaba que yo no estaba a su altura como para poder conquistar el amor de ese chico, en quien obviamente jamás me hubiera fijado porque es *su amor*, no el mío, y ella es mi besta. Pero todo el diálogo me dejó con un gustito amargo en la boca…

Aparte de tener una sensación extraña de que el grupo de las Princesas no era real, sino como de papel acartonado, armado, falso; tuve una señal que debería de haberme hecho recapacitar, pero que dejé de lado: uno de esos días en que las Princesas estaban en casa, en el gimnasio, Petra bajó con bebidas y capté una mirada desaprobadora de su parte.

Más adelante supe que no toleraba a «esas huecas», como me dijo cuando hablamos hace poco.

Ahora, a la distancia, también entiendo otra cosa: el porqué de mi madre y su actitud hacia el grupo… Ella quiso que yo tuviera el *glam* que ella no tuvo. Que fuera lo que ella no fue de joven. Porque la verdad sobre mi mamá y sobre toda mi familia sólo la sabemos los más cercanos.

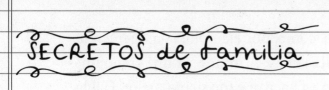

SECRETOS de familia

El dicho dice que no todo lo que brilla es oro, y es tal cual. O sea, alguien que ve de afuera mi casa, mi familia, debe de pensar que es perfecta. Sin embargo, nada más lejos de la realidad. Adoro a mis padres, pero hay un montón de actitudes que me lastiman muchísimo. Creo que recién después que pasó todo lo que pasó, ellos empezaron a darse cuenta.

Para empezar, aunque hicimos mil viajes, mi padre jamás se despegó de su iPhone y su laptop. Una vez estábamos en una playa del Caribe y papá estuvo hablando todo el tiempo con otro abogado de un caso que estaban resolviendo. Se me quedó grabado ese momento. Mamá es igual, un poco menos que mi padre, pero los dos son workalcoholics. Viene a ser algo así como adictos al trabajo.

Algo más que me provocó mucho, mucho, mucho de dolor fue cuando a Franco tuvieron que operarlo de apendicitis. Ya sé que la operación es una tontería, pero papá no estuvo con él, pasó por el hospital, le dio un beso y salió disparado al aeropuerto porque tenía un congreso en Brasil.

Por suerte, siempre contábamos con Teo. Teo es el mejor amigo de mi hermano, o lo era, ya ni sé, y jamás falta en las malas. Franco tiene un chorro de amigos, que surfean con él en Punta o salen a boliches y eso, pero que rara vez les ves la cara cuando pasa algo, como, por ejemplo, una operación. Sin embargo, Teo no falla jamás. A mí me da una tranquilidad verlo… Su presencia ya hace que me sienta mejor. Habla pausado y te transmite paz. Ama todo lo que es el mundo literario, los libros, las poesías, le encanta el teatro y tiene una cultura ¡que a veces me hace sentir una completa ignorante! Pero, por encima de esto, tiene un corazón que vale oro.

Usa lentes, parecidos a los que usó Joe Jonas en una época, y ahora que lo pienso se parece bastante, aunque es más flaquito, no tan musculoso. Y además obvio que no canta, el pobre de Teo… ¡chilla! ¡Una sola vez lo escuché tararear algo con la guitarra y tuve que salir para no soltar la carcajada delante de él! Sin embargo, tiene esa cosa de escribir sobre sentimientos profundos, que te hace pensar y te llena el alma.

Mi hermano tiene una foto de los dos el primer día de clases en el jardín de niños y eran una ternura, abrazados. Tendrían tres años. Sí, Teo es de la familia y por supuesto que ahí estuvo al tanto en el hospital.

Y eso me trae otra vez a papá. ¿Mi padre no podría haberse ido después de la operación? Era esperar unas dos horas, nomás… Y, aunque Franco no dijo nada, sé que fue algo que le quedó clavado como una espina. Cuando una pieza de la familia falta, se nota, digas lo que digas.

Y por supuesto, lo de mi fiesta de quince no lo voy a olvidar nunca. Fue el evento que tratas de borrar de tu memoria, pero no puedes. Para mis padres valió más lo que pensaran los demás que lo que quería yo.

—¿Otra vez con lo mismo, Micaela? —preguntó mi papá, apartando el periódico de su rostro—. ¡Por favor! ¡Una y mil veces te dijimos que la fiesta de quince se hace y punto!

—Pero… —intenté protestar.

—¿Sabes qué pasa, Gona? Que esta niña está acostumbrada a tener de todo y a no valorarlo, porque ¡qué hubiera dado yo por poder festejar mis quince años! —se lamentó mamá.

—Mami, es que…

—No, Micaela, el cumpleaños se hace sí o sí. ¿O quieres decepcionar a tu abuela y a nosotros también? —preguntó mamá.

—Eso, sin contar lo mal que quedaríamos con todos los amigos y clientes, los de tu madre y los míos. Es un evento social, Miki —dijo, suavizando un poco más el tono. Papá es muy estricto, pero sabe cuándo su voz empieza a hacerme llorar y eso no le gusta nada—. Tienes que poner lo mejor de ti, tesoro. Mis clientes extranjeros vienen expresamente para tu fiesta, ¿entiendes la dimensión de eso? —preguntó, apretándome la mano.

Mamá me abrazó y me besó la mejilla.

—Tú, tranquila, que entre tu abuela y yo nos encargamos de todo. ¡Vas a ser una verdadera princesa, Miki!

Me sentí tan culpable que ya no pude decir nada más. Agaché la cabeza y me fui a mi espacio mágico. Y medité mucho… Sobre todo después que pasó mi cumple y también después de haberle organizado los quince a Sofi en el merendero, tan sencillo pero tan, tan emotivo, más entendí que eso hubiera sido lo ideal para mí. Que mis padres me hubieran sorprendido con un video casero o, no sé, algo que yo supiera que les había llevado trabajo y tiempo hacer.

No es que una fiesta no lleve su tiempo y su trabajo, pero es diferente, es más impersonal. Mamá contrató el catering por separado y el salón se encargó del resto. La abuela Clopén me regaló el vestido, y entre ella y mi mamá eligieron uno bien vaporoso luego de estudiar decenas de revistas extranjeras. Me quedaba lindo, sí… pero no era yo. La noche de mi cumpleaños, bailé el vals con mi padre y mi hermano, sintiéndome completamente vacía y sola, aunque estaba rodeada por más de cuatrocientas personas.

Sé que papá nos quiere, el problema es que él fue criado así. Y sus amigos son iguales: ¡van a mil, con el celular en la mano, reuniones, viajes y blablablá! A la noche, siempre algún evento o una salida con clientes. A mi madre le encanta estar entre la gente, figurar, y lo acompaña, pero para mí es un fastidio porque casi nunca cenamos juntos y no nos vemos.

Por otro lado, algo que me marcó a fuego, y que seguramente haya influido también en lo que sucedió después, fue lo de Franco, que al poco tiempo de mi cumple, hizo lo que había dicho que iba a hacer.

—Esto apesta —me dijo un día, abarcando en un gesto con los brazos el comedor de casa. Claro que se refería a la relación con mamá y papá, no al comedor ni a su decoración.

—¿Sabes qué, Miki? Yo me largo apenas pueda —dijo, revolviéndose el pelo, un gesto habitual en él cuando está nervioso o preocupado.

—¿Cómo? ¿Adónde? —le pregunté, con los ojos muy abiertos y asustada.

—Adonde sea, esto apesta —volvió a repetir.

—Pero, Fran, no te van a dejar y además yo…

—Ya me dejaron.

—¿Qué dices? —le pregunté, temblando.

—Estuve pensando mucho cómo encarar el tema, para que me dieran permiso, y di con el plan perfecto. El otro día papá me dijo que tenía que elegir si estudiaba abogacía o estudiaba una carrera internacional.

—¡A ti no te gusta ni una cosa ni la otra! ¡Te gusta dibujar! Serías un excelente ilustrador…

—¿Y qué tiene que ver? —me cortó—. ¿Piensas que uno hace lo que le gusta? Al menos voy a estar lejos de casa. Y como abogacía no se puede estudiar en el extranjero porque las leyes son distintas, voy a estudiar diplomacia y todos contentos. Y si puedo, no vuelvo más.

Sentí cómo mis ojos se llenaban de lágrimas. ¿Acaso él no pensaba que también estaba dejándome a mí?

—No te pongas mal, que en cuanto pueda te llevo conmigo —me dijo, agarrándome de la mano.

Días después del festejo de mis quince, Franco tomó un vuelo a Buenos Aires y de ahí a Londres. La casa quedó vacía sin él.

Es raro que un hombre como papá, criado por una madre como mi abuela Clopén, se haya fijado en una mujer como mamá. No digo por lo físico, sino porque vienen de diferentes estratos sociales y la familia de papá es muuuuy elitista. La abuela Clopén es divina, pero hay que admitir que sólo se da con gente «de su nivel», como dice ella. Aunque lo cierto es que a veces se pone ¡insoportable!

La verdad acerca de mi madre no la sabe casi nadie. Jamás sospecharían que ella vino de un pueblo de Rivera, que una de las comidas del día las hizo en un merendero más de dos años y que tuvo que trabajar como vendedora en una zapatería mientras estudiaba para economista acá en la ciudad. No es algo que ella ande compartiendo por ahí, de hecho lo esconde, aunque la verdad a mí me parece alucinante que haya logrado tanto sola cuando tenía apenas unos años más que yo. Supimos más detalles de ese periodo de su vida cuando Franco hizo un comentario sobre el acento canario del tío de un amigo y a mamá se le transfiguró el rostro.

Creo que fue la única vez que la sentí tan descontrolada con respecto a su origen y no sé bien por qué sintió esa necesidad de contarnos por todo lo que había pasado, porque luego de esa charla nunca más se volvió a tocar el tema, como si todos hubiéramos hecho un pacto para no hablar de eso…

Lo cierto es que nos confesó que había tenido que soportar, recién llegada a Montevideo, además de trabajar, estudiar y comer casi nada porque no le alcanzaba la lana, la burla de un montón de gente por su acento. Ese rechazo la hacía sentir inferior y por eso estuvo semanas practicando frente al espejo, y ayudada únicamente por una grabadora, en la pensión donde vivía, para hablar como una montevideana. Incluso aprendió a dejar de contestar por impulso porque en esos casos le salía su acento de origen. Cuando conoció a papá, ya hablaba como habla ahora, se vestía muy elegante y era una estudiante superavanzada. Sospecho que a mi padre le daba algo de vergüenza el origen de mamá, o que tal vez le sigue dando, y que por eso apoya la postura de ella de no contar nada o inventar cuando es necesario. Me cuesta decir esto, pero tengo la enorme sospecha de que mi padre no se habría fijado en mi madre si hubiera sabido que era una chica del interior y encima con una familia pobre. Antes de conocer a mi madre, mi padre tenía otra novia. La abuela Clopén debe haber enloquecido cuando se enteró, ¿no?

Todo ese glamour que muestra ahora en realidad es sólo una pose, porque —al contrario de lo que piensa la gente— no nació en cuna de oro. Ella, ante la gente, evita hablar de su vida antes de conocer a mi padre; y si preguntan sobre su infancia es rehábil para contestar algo sin decir mucho y cambiar de tema.

Mamá se crió con mi abuelo Cacho y mi tía Celina, que es unos años menor que ella y es la madre de Belén, mi prima. Cuando, al poco tiempo de nacer Celina, mi abuelo quedó viudo, mi madre dice que «se volvió un borracho». Yo no lo conozco, lo vi sólo una vez cuando tuvo que venir a Montevideo por un problema de salud. Mi madre lo fue a buscar a la terminal de autobuses y lo llevó al hospital. Era chica, así que no me acuerdo bien de él. Bah, no me acuerdo casi nada. Sé que se quedó en casa una noche y mamá lo llevó a la terminal al día siguiente para que regresara.

Cacho tiene una especie de ferretería y almacén en el pueblo. En realidad, Belén me contó que también es la casa donde viven. En el fondo del local vive mi tía Celina con Belén y el abuelo. Celina trabaja en la ferretería y, por lo que vi en fotos que Belu me muestra por el Face, es archiparecida a mi mamá cuando era adolescente. ¡Me cae requetebién mi tía Celina! Además, fue quien se movió en serio para que Belén y yo pudiéramos estar en contacto y conocernos, así que voy a estar eternamente agradecida con ella, porque a mi prima ¡la adoro! Y eso que nos hemos visto muy poco, sin embargo la siento cerquita de mí.

—¡Ni siquiera lo sueñes! —dijo mi madre cuando le planteé la idea de ir a visitar a Belén en Rivera—. A ese cuchitril no vas.

—¿Cuchitril? Pero Belén me mostró las fotos de la casa y está relinda. La tía Celina plantó una jardinera de alegrías, esas florecitas que hay en nuestro parque y…

—¡Ay, Miki! Que haya florecitas no quiere decir que deje de ser un cuchitril… Y además, lo principal es que yo no quiero que te involucres mucho con esa gente. Belén pasa, es una niña y no tiene culpa de nada, pero si vamos al caso, ni Cacho ni Celina son un ejemplo. Uno alcohólico y la otra embarazada casi adolescente. ¿Te parece que voy a dejar que te mezcles con ellos? ¿Que vayas a ese lugar? —dijo, cruzándose de brazos y frunciendo el ceño.

Me resistí a contestarle. El instinto me decía que tenía que defender a mi tía, pero no sabía cómo, ni tenía idea de cómo había sido su historia con el papá de Belén, así que una vez más, me callé.

—Ahora lo que me falta es que mi hija, mi propia hija, quiera hurgar en un lugar que no sirve para nada, que no te lleva a ninguna parte. Un sitio sin futuro. Por algo me fui y pasé todo lo que pasé acá, para llegar a lo que soy y adonde estoy. Eso, sin contar lo que puede llegar a decir tu padre, más vale que ni le plantees la idea si quieres evitar problemas.

Tomó aliento, porque había hablado sin parar y con una especie de chillido, agregó, con un tono más sereno:

—Si me valoraras un poquito, no me pedirías eso.

Medité medio segundo y la abracé. Mi madre tenía la mirada dura y llena de resentimiento. No me gustaba verla así, ni pensar que yo fuera la culpable de que se pusiera mal. El tema quedó cortado, hasta que un día, mamá recibió la llamada de Celina.

Confieso que hice algo que está mal: escuchar detrás de la puerta. Pero es que cuando Petra contestó el teléfono y le avisó a mamá diciéndole que era su hermana, no me resistí. Sabía que mi mamá se iba a encerrar a hablar para que nadie la escuchara, pero yo sentía muchísima curiosidad. Así que bajé de puntitas las escaleras hasta el comedor y me instalé bien pegada a las puertas corredizas que lo dividen de la sala, desde donde escuchaba la voz de mi madre:

—Nunca haría algo así, Celina. Son niñas y son primas, eso nadie lo pone en duda.

—…

—¿Crees que mi hija no me cuenta las cosas? ¡Obvio que ya sé que están en contacto!

—…

—No, no, no. Jamás le prohibiría eso, no.

—…

—Mira, lo que pienses de mí es tu problema, ¿okey? Eres tú la que se quiso quedar en ese hoyo.

—…

—No. A mí con la culpa no me manejas. Y no me mientas. No te quedaste para cuidar a papá, porque sabes muy bien que él se cuida solito. Te quedaste porque eres una persona sin ambición, sin deseos de mejorar. Te quedaste porque te fue más cómodo que salir a forjarte una nueva vida. Ahí tenías todo, alguien que te ayudara a criar a tu hija, un trabajito, un techo… entonces ahora no me vengas con cuentos ni con excusas, que yo de idiota no tengo un pelo.

—…

—¿Tanto te molesta que te diga la verdad? La verdad no debería herir, pero a ti se ve que te duele. Lo lamento por ti, porque yo no me callo y eso lo sabes.

—…

—¿Ambición? Sí, ¿y qué? ¿O es preferible…?

—…

—Mira, vamos a cortarle acá, ¿quieres? Yo con Belén no tengo ningún problema. Ella no tiene la culpa de nada, así que por mí que las chicas se traten como lo que son: primas. No voy a poner ningún impedimento…

—…

—Te agradezco, pero ya le dije a Miki que ella no va y eso quedó claro. Pero Belén puede venir a mi casa las veces que quiera.

Así fue como se hizo formal el hecho de que Belén y yo nos habláramos y estuviéramos en contacto casi a diario. ¡Pensar que fui yo quien la buscó en Facebook y le mandó un mensaje privado para conectarnos!

Aunque siempre estuvo presente en mi vida, porque mamá la nombraba seguido (tooooda la ropa que me quedaba chica o los juguetes que no usaba eran para la prima Belén), no la conocía. Era sólo un nombre distante.

Pero después que nos empezamos a escribir y a comunicarnos fue como un feeling instantáneo. Y lo mejor es que luego de esa conversación con Celina, mamá me preguntó si me gustaría invitar a Belén a pasar unos días en casa en las vacaciones, ya que ese año no íbamos a viajar, y empezó nuestra verdadera relación de primas.

La primera vez que vi a Belén, aunque ya sabía cómo era por fotos, me impactó, porque no deja de moverse un segundo. Es como si tuviera un chip incorporado y sólo se callara cuando se duerme. Ni siquiera se queda quieta, ¡porque duerme y se está moviendo igual! ¡Es terrible!

Si bien mi timidez hizo que me pusiera archinerviosa al momento de encontrarnos, eso ni se notó porque ya de entrada Belén vino corriendo y me abrazó, ¡como si me hubiera visto hacía una semana! Por el rabillo del ojo, vi que mi mamá sonreía… y supe que Belén se había ganado su corazón. Eso me alivió muchísimo porque sé que mi madre no estaba para nada convencida de que Belén y yo tuviéramos un vínculo más cercano. Creo que hubiera preferido seguir mandándole la ropa que me quedaba chica y nada más. Pero mi prima es mágica. Su personalidad es única y logró, sin ni siquiera proponérselo, supongo, que toda la familia la aceptara y hasta la quisiera. Así que después de esa semana, vino unos días más en vacaciones de julio (mamá y papá viajaron solos este año) y después dos semanas enteras en verano, a la casa de Punta del Este.

El acento de Belén es graciosísimo (supongo que así hablaba antes mi mamá, digo, antes de su transformación en montevideana) y sabe hablar portugués. Las eses las pronuncia supermarcadas. Si tiene que decir «hasta», dice «hassssta». Lo mismo pasa con la ve, no dice «Soy de Rivera», dice «Soy de Rivvvvera». A veces le pido que me diga algo en portugués porque me encanta escucharla, aunque ella asegura que lo que sabe es portuñol y no portugués porque, claro, Rivera está sobre la frontera con Brasil y la gente que vive allá usa montones de palabras raras, algunas inventadas, que son justamente esa mezcla entre el español y el portugués que se le dice portuñol. Todo esto me lo explicó ella después, porque yo la verdad que ni idea tenía. Me da un poco de vergüenza admitirlo, pero para mí todos los departamentos del interior, hasta que conocí a Belu, eran iguales y supuse que en todos lados se hablaba idéntico a Montevideo o Punta del Este.

Tiene la piel color café con leche, el pelo largo, lacio y los ojos con un tinte verdoso. Es rellenita y, aunque es dos años menor que yo, ¡tiene más bubis que mi madre! Por eso ya hace tiempo que no le mandamos ropa. Lo mío no le entra o le queda demasiado ajustado.

Algo que me apasiona de ella es que siempre tiene como un olor a césped recién cortado. ¡Qué loco pensamiento! ¡Debe de ser que sale de mi cerebro poeta! Pero sí, es ese olor... como a algo superfresco, tal como es ella en su manera de ser. Y de ahí pensé en cómo habría sido su vida, criada con una persona alcohólica...

Es que lo del abuelo Cacho y su borrachera hubo un tiempo en que me martirizaba... y aunque ya chateaba con Belén, no me animaba a preguntarle directamente si eso era cierto y, si era cierto, ¡¿hasta qué grado era grave?! Pero tomé coraje y la vez que se quedó unos días en casa antes de empezar las clases, hace un año, se lo pregunté de golpe:

—¿Cacho se emborracha?

Belén, que parece un cascabel, quedó tiesa.

—A veces —contestó.

—Pero... ¿pero es grave? ¿Se cae al suelo y esas cosas? ¿Es agresivo?

Belén se empezó a reír y yo respiré, aliviada. Tenía miedo de que ella se enojara conmigo porque Cacho es muy importante en su vida. Fue quien la crió, junto con su madre, porque Celina tuvo a Belén a los dieciocho años y el padre de Belén desapareció como por arte de magia cuando supo que Celina estaba embarazada. Era un brasilero que nunca más volvió a verse.

—Noooo, ni ahí. Es buenísimo —contestó, risueña.

—¿Y entonces? —pregunté, apoyando un codo en la almohada y sosteniendo mi cabeza con una mano.

—Y nada… cuando se murió la abuela, mi madre me dijo que quedó tan pero tan triste que empezó a tomar un poco… y eso… A veces se pasa, lo reconozco, pero nunca lo vi agresivo. Al contrario: ¡cae redondo y se duerme! —dijo, con una alegría en la voz que a mí me resultó extraña.

—No entiendo que te dé risa eso… ¡Es horrible!

—Yo pienso que es feliz a su manera, así que ¿por qué ponernos tristes los demás? Eso es lo que me dice mi mamá —y se quedó como pensando, para después añadir—: Lo único que me preocupa es que eso le haga mal a la salud, pero después él no molesta a nadie, trabaja, sólo se toma su vinito después de cenar o cuando se junta en el bar a jugar a las cartas con sus amigos.

Quedamos un rato en silencio, ambas pensando… supongo.

—Sí, tienes razón… —concluí.

Iba a decirle que igual no estaba bien que el abuelo bebiera, aunque eso Belén ya lo sabía, y que habría que tratar de que él se diera cuenta, cuando Belu se inventó una de sus salidas locas:

—Miki, no sé a ti, pero a mí tanta charla así repentina ¡me dio un hambreeee! —dijo con voz cantarina y tocándose la panza.

¡Me moría de risa! Ya se había hecho un clásico: a medianoche íbamos sin hacer ruido hasta la cocina y nos comíamos los restos de la cena o lo que encontráramos, entre risas ahogadas. ¡Sospecho que Petra siempre lo supo, pero también se reiría detrás de la puerta de su habitación!

—¡Shhh! ¡Vas a despertar a tus padres!

—No, no están, ¿no te acuerdas que se despidieron? Se iban al lanzamiento de no sé qué…

—¡Ah, cierto! Pero igual habla bajito ¡que tu hermano a veces deja prendido el coso ese que escucha lo que pasa en la cocina y la sala! ¡Mira si se enoja porque lo despertamos o lo asustamos pensando que somos ladrones!

Me reí con fuerzas.

—Naaa, él es incapaz de enojarse, es un santo y encima te adora.

—¿En serio?

—¿Qué? ¿No te das cuenta? El otro día me dijo que eras como otra hermanita menor para él.

—Ay, ¡es un amor! ¡Ojalá yo tuviera un hermano!

—Bue, tampoco es la gran cosa, mira que cuando se las da de hermano mayor ¡es insoportable! —y comencé a imitarle la voz—: «Micaela, por favor, no maduras más…».

Las risas de Belén retumbaron por toda la casa, hasta que Petra abrió la puerta y nos miró enojada.

—Mañana madrugo —nos dijo con tono seco, algo que tampoco es raro en ella.

—Perdón, Petrita, perdón… —le dije. Y me acerqué para abrazarla. Sentí cómo enseguida se aflojaba. Ella es así… Dice que tiene debilidad conmigo… Y en realidad, yo también tengo debilidad por ella. La siento de mi familia (¡que no se entere mi abuela Clopén!).

—Fue culpa mía —dijo Belén, tratando de salvar la situación.

—¡Está bien, está bien! —contestó Petra, ya con otra mirada más dulce. Y agregó—: Es precioso verlas juntas. ¡Ahora váyanse de una vez que están parloteando acá hace no sé cuánto! ¡A dormir, vamos!

Salimos corriendo escaleras arriba y al poco rato sentí los ronquidos suaves de Belén. A mí me cuesta dormirme, pero ella… ¡ella cierra los ojos y listo! ¡Qué envidia! De la buena, ¿eh?

Señales que No se ven

Al principio no notaba esos comentarios maliciosos… Estaba tan embobada con todo ese mundo nuevo que las Princesas me mostraron, que ni se me cruzaba por la cabeza que algo podría no estar bien. Además, como mamá estaba encantada con ellas, ¿qué otra cosa quería yo más que complacerla?

Sin embargo, ahora que tengo la cabeza más clara, hubo varias situaciones que tendrían que haberme hecho disparar la alarma interior.

En la secundaria había una chica preciosa, Valentina. Simpática, alegre, risueña, supercompañera, cariñosa… Siempre me sentí muy bien cuando hablaba con ella y me prestaba los apuntes si veía que no había podido tomar notas en la clase. Un día, Valen y yo estábamos hablando sobre el profe de Química, que era medio alcahuete, y las Princesas pasaron delante de nosotras, Lali me tomó del brazo y me apartó.

—¿Qué haces con ésa? —preguntó, enojada.

—Hablo sobre el profe de Química. ¿Viste que le dio por poner un escrito sorpresa y…?

—No me interesa de lo que hables, no entiendo que te dignes a hablar con ésa, que no es de las nuestras. ¡Nos avergüenzas, Micaela! —dijo, pateando el piso y con los puños cerrados.

—Pero es reeeebuena, mira, la otra vez… —empecé a tartamudear, con la ceja levantada.

—A ver, Micaela, o ella o nosotras. ¿Está claro? Esa chica es lamentable. Te das cuenta con sólo mirarla. Parece una ballena.

Dicho esto, las demás Princesas rompieron a reír, y para mi enorme asombro, ¡Coti también!

—No crrreo qqque tttenga que ver si ella es mmmás rellenita que…

—¡No es rellenita, mija! —dijo, con marcado tono de burla—. ¿Acaso no la ves? ¿No la ves? ¡Parece una foca! —gritó Lali, señalándome los ojos con un dedo.

Las risas de las demás me hicieron sentir imbécil… Pude ver que Valentina miraba la escena y bajaba la cabeza. Creo que hasta se puso a llorar porque se metió en el baño enseguida. Esa vez quedé tan angustiada que me costó seguir las clases que vinieron a continuación y terminar esa larga jornada en la escuela. Estaba deseando llegar a casa y no sabía por qué me sentía tan pero tan miserable.

Me fui alejando de Valentina. Mis únicas amigas eran las Princesas y con ellas me sentía protegida. Mientras formara parte del grupo, nunca nadie iba a criticarme. Estaba en la cima, o eso se suponía.

A medida que se fue acercando la fecha del festejo de mi cumple de quince, las Princesas se pusieron más densas con el tema del look, el vestido, la caída de la tela, cosas así, que a mí, sinceramente, me importaban poco y nada, pero tenía que disimular. Igual ya no era la misma.

Había aprendido un montón sobre las ventajas de *verse impecable* y mamá me acompañaba incluso a comprarme la ropa o las botas que estaban más *in*, para no desentonar con el resto de las chicas que siempre estaban con lo ultimísimo.

Además, iban a la escuela supermaquilladas y siempre decían que salir a la calle sin base en el rostro era como salir desnuda. Se esmeraban mucho en disimular las ojeras y se daban toques de rubor en las mejillas, del centro de los cachetes hacia el extremo del rostro. La técnica la habían sacado de un canal de YouTube sobre tendencias en maquillaje.

Empezaron una dieta extrema para llegar *divinas* al cumpleaños. Era mayo y el festejo sería a fines de julio, así que había tiempo para poner en práctica sus planes: hicieron una lista de lo que se podía comer y lo que no. Cada día, hasta la fecha de mi cumple, había que pesarse y traer el peso escrito en una planilla que llenábamos todas.

—Esta protuberancia de acá tiene que desaparecer —dijo Daniela, tocándome un montículo apenas perceptible por encima de la cintura. Y siguió—: ¿Te imaginas entrando y que ese coso se te note en el vestido? ¡Un papelón!

—Sí, sí…

—¿Qué van a decir los clientes de tus padres? No les puedes fallar, tú tienes que ser la princesa de la fiesta y, para eso, *ser* una princesa. Las princesas *no tienen protuberancias* —dijo, decidida.

Sacó un montón de recortes de revistas y me mostró las fotos de las actrices de Hollywood, impecables, hermosas, perfectas.

—A ver, ¿le ves montículos a Nicole Richie? ¡Mírala! ¿Le ves? —continuó, mientras golpeaba la imagen con un dedo.

—Nnno. Pero ella y el resto de las *celebrities* viven…

—Frénate ahí —dijo, haciendo un gesto dramático: levantando ambas manos con las palmas para adelante, como si quisiera evitarme una caída.

—¿Qué?

—Que no hay nada imposible. No hay excusas, ¿entiendes? Ni el dinero, ni la fama, ni nada es excusa para no estar presentable ante el mundo. Para lucir como lo que eres.

—No creo que…

—Bueno, si vas a andar de negativa es tu problema. Te estoy diciendo que nosotras podemos, así que saca tus propias conclusiones.

—Además, acá en este grupo no se aceptan *losers*, mi vida —acotó Lali, fastidiada con mis dudas.

—Pero es que no sé cómo se puede llegar a…

Lali y las chicas se miraron. Lali asintió y Dani volvió a hablar:

—La clave la tenemos nosotras.

Miré a una, luego a otra... ¡Estaba confundida, pero no quería parecer una tonta! ¿De qué clave hablaban?

—Emmm, ahhh... ¿Y la clave es para...? —indagué.

—Para que tú seas como ellas y como nosotras. Puedes ser una de estas chicas con un poco de ingenio y esfuerzo —afirmó Lali. Y miró a las demás, que se limitaron a asentir con la cabeza.

—Pero ya me estoy muriendo de hambre con eso de que puedo comer sólo lechuga y la clara de huevo y no sé qué... Además Petra empezó a sospechar, porque desde que estamos juntas y me enseñaron a contar las calorías, sé que estoy comiendo menos y yo siempre comí bien...

—Comer bien. Por favor, típico de una vaca —dijo Dani.

Yo me sentí terrible. ¿Sería que me veía tan mal y no me estaba dando cuenta?

—¡Es que no tienes por qué no servirte toda la comida! Hay trucos. Le pides que siempre te haga una ensalada de lechuga además de la comida y, cuando no te ve o la mandas a que te busque algo a tu cuarto, la comida la tiras por el inodoro y lo que comes es la lechuga —acotó Lali, con voz conciliadora.

Mi mirada se perdía en la de ella... ¿No sería eso engañar a Petra?

—También las mascotas son geniales, de una ayuda enorme, porque se comen lo que tú no deberías comerte —dijo Dani, guiñando un ojo.

—No tengo mascotas. Ustedes ya saben que mamá las detesta y papá es alérgico y...

—Bueno, tampoco te estreses con la mascota, era otra sugerencia, hay miles de opciones, diosa. Es buscar la que más vaya contigo, ¿okey? —preguntó Lali.

Asentí.

—Mira, piensa en tu objetivo: llegar a ser una verdadera princesa, en tu propio castillo, que va a ser tu fiesta de quince inolvidable. Es sólo por un tiempo, después puedes volver a comer lo que quieras. Aunque te digo, una vez que ves lo mejor de ti, nunca quieres volver a ser lo que fuiste: una vaca, como dijo Dani.

—Tienes razón, es sólo por un tiempo... Chicas, ¿ustedes me ven gorda?

Dani y Crista se miraron, mientras Lali y Guillermina me hacían como un escaneo visual.

—Bueno, digamos que *bien* no estás. Te aceptamos en las Princesas porque te vimos potencial, pero estás llena de protuberancias —dijo Lali.

—Nunca me había cuestionado que...

—Shhh, ya está. Nosotras estamos contigo. Coti y tú tienen un alto potencial y las vamos a guiar. Más ahora que se acerca tu gran momento, tu fiesta de quince —dijo Dani.

Práctica, Lali sacó su libreta para anotar.

—Hablando de tiempo, ¿cuánto nos queda para el cumple? Porque todas tenemos que perder peso para entonces —acotó Lali, planilla en mano. Y continuó—: Por supuesto, cuanto más perdamos, mejor es. Está claro y obvio eso, ¿no? —preguntó.

—Chicas, yo estoy súper de acuerdo, pero el problema es que es imposible que deje de comer chocolate, o sea, es lo único que me levanta el ánimo cuando estoy triste… —dijo Coti.

Lali la fulminó con la mirada.

—No sé qué hacer, sé que soy débil, pero ¿qué hago? Les pido ayuda porque yo quiero ser como ustedes y también quiero estar divina para el cumple de Mica… Además, me encanta cocinar y para peor ¡cosas dulces!

—Eso no es ningún problema —se atrevió a hablar Guillermina, por lo general la más callada después de Crista.

—¿No?

—No. Yo adoro la repostería y en casa soy la que hace siempre los postres porque me superdivierte.

—¿No te tienta?

—¡Claro que me tienta! Pero yo no me privo de nada. ¡Como todo lo que quiero! ¡Y las veces que quiero!

—Aparte que cocinar hace que los demás no se den cuenta de lo que haces porque suponen que si estás metida en la cocina no tienes dramas con la comida… —informó Dani.

Coti se volvió a mirar a Guillermina y le preguntó:

—Lo que no entiendo es cómo puedes comer todo eso, pero adelgazar al mismo tiempo…

—Fácil —afirmó Guillermina—. Lo que hice yo te va a servir a ti. No tienes por qué dejar de comer chocolate o lo que sea. Si no te da para evitar eso, Lali me enseñó un método que funciona. Los resultados son rotundos, te lo aseguro.

—¿Y qué método es ése?

—Ven al baño y te muestro.

El resto de las chicas se paró en la entrada de los baños, como si fueran guardias de seguridad. Con un escalofrío, comencé a escuchar un sonido espantoso, un quejido gutural, y después me di cuenta de que eran arcadas. Miré a las chicas, pensando en que algo iba mal, pero ellas seguían charlando del talle menos que habían perdido desde el verano.

Cuando Coti salió del baño, la vi pálida. Parecía un espectro y me asusté.

—¡Ay, Coti! ¿Te sentiste mal? ¿Qué pasó? —le pregunté, preocupadísima.

—Nada —y sonrió—. ¡Estoy increíble!

—Bueno, ¡no se te nota! —le contesté.

—Ya va a recuperar el color, al principio es así pero después pasa —aseguró Guillermina, mientras sacaba un estuche de rubor y le maquillaba a Coti las mejillas.

—Pero… ¿no será eso de que vomitas, no? Leí que puede traerte un chorro de problemas y que…

—Ay, nena, ¡qué negativa eres, por favor! ¿Problemas? ¡Problemas va a tener si se transforma en una foca como tu «amiga» Valentina!

Nuevamente las risas colmaron el corredor de la secundaria y yo quedé, de alguna manera, convencida de que ellas tenían razón. Si mamá era exitosa porque era delgada y linda… Si mamá estaba feliz de que ellas, tan perfectas, fueran mis amigas… Si mamá admiraba mi nueva manera de preocuparme por la ropa… entonces, seguramente la equivocada era yo.

Por eso, me metí de lleno a cumplir el objetivo. Además, como no estaba sola en esto, sino que contaba con las Princesas, formamos un grupo de apoyo para no caer. Y el secreto de nuestros métodos para lograrlo era completamente sagrado.

Nadie, pero nadie en el mundo podía enterarse. No tenían por qué. La gente sólo vería los resultados: la perfección.

Me dije y me repetí que sólo sería por un tiempo…

Pero caí en mi propia trampa.

De objetivo a OBSESIÓN

—¿Qué es lo que te pasa, Micaela? Estás con la mente en otra parte, tu nivel de resistencia cayó. Así no puedes seguir, hace un par de semanas que te noto diferente. Esto es un instituto de primer nivel en gimnasia artística —rezongó Greta, la profesora. Es parecida a la malvada de la serie *Glee*. Hizo una pausa, que acompañó con una mirada severa y una amenaza escondida—: Sabes bien que no tolero la falta de compromiso. Acá se viene a trabajar, a dar lo máximo y tú estás dejando mucho que desear en ese aspecto.

Greta es autoritaria, estricta y poco cariñosa. Coti y yo siempre le tuvimos respeto, pero también miedo. Sabe mucho, pero siempre te presiona, tanto, tanto que a veces quedamos de verdad liquidadas de repetir una misma serie.

A ella no le interesa si venimos de la escuela, de un doble horario, que tenemos que estudiar, que tenemos que rendir también en los exámenes. Exige como si la gimnasia artística fuera la única actividad que ocupa nuestras vidas. Además, cuando arranca con el discurso de la buena alimentación, de comer balanceado y bla, bla, bla es como que se me paran los pelos de punta.

Así que no le respondí. Sólo bajé la cabeza, sintiéndome miserable.

—¿Te estás alimentando bien? —preguntó, alzándome la barbilla para que la mirara a la cara.

¡Zas! ¡Justito!

—Por supuesto. Mamá me controla, como de todo —dije, como si fuera la respuesta automática de un robot.

«Mentira, mentira», pensaba por dentro.

Para mi plan, era ideal que mis padres jamás estuvieran en la cena, y engañar a Petra era un juego de niños. La parte del almuerzo también. Siempre almorzábamos en la secundaria, nos juntábamos todas y comprábamos un yogur light para cada una.

A veces llevábamos una manzana para variar. Eso era todo lo que ingeríamos hasta la noche y, por supuesto, mucha, mucha agua.

Los primeros momentos fueron espantosos. Me moría de hambre y cuando me acostaba a dormir sólo veía platos llenos de comida. Pero me repetía lo que las chicas me habían enseñado: «No seas cerda. La comida es para los cerdos. Tú eres una princesa».

Y así, con ese malestar, pero también con el orgullo de haber logrado pasar otro día con las mínimas calorías, me dormía en un sueño confuso. Tomé la costumbre de salir a último momento hacia la escuela, así no tenía que desayunar en casa. Les dije a mis padres que me compraba yogur y galletas en la cafetería, y listo.

La panza me crujía, la mente se me iba y comencé a pensar únicamente en la comida, en sus calorías y en medirme el contorno de muslos, cintura, cadera, brazos.

—Entonces, pon voluntad, querida —remarcó Greta.

Mi mente volvió a donde estaba: en la academia. Me pasaba lo mismo en el colegio: empezaba escuchando lo que decía el profesor y después, no sé cómo, sonaba el timbre y yo no tenía idea de qué había pasado en medio...

Jamás me había sucedido algo así, pero pensé que eran los nervios o cambios hormonales, porque a esta edad siempre te dicen que las hormonas provocan muchos cambios: en el cuerpo, en el humor...

—Le prometo que sí —le contesté, mientras Coti me miraba de reojo.

A la salida, Coti me dijo:

—¿Sabes qué? El ejercicio es ideal también para bajar de peso. Deberíamos entrenar más.

—¿Más? ¡Imposible! ¡Estoy fulminada, Coti!

—Es cuestión de voluntad, como dijo Greta. Tú puedes. Y si yo lo hago, tú lo haces, somos dos y es más fácil. Vamos a bajar más rápido de peso, vas a ver —y con una sonrisa burlona, agregó—: De paso, ¡le tapas la boca a Greta!

Pensé un ratito.

—Sí, va. Hagámoslo —contesté de repente con una risa casi histérica—. Vamos a pedirle a la bruja Greta que nos deje entrenar también los sábados antes de ir a la casa de las chicas, y cualquier cosa los domingos vamos a mi gimnasio y hacemos bicicleta, así quemamos más grasa y calorías, ¿no?

—¡Eso! —contestó Coti, ofreciéndome su dedo meñique. Era un gesto que hacíamos desde niñas: nos cruzábamos los dedos meñiques la una con la otra en señal de que estábamos de acuerdo con algo.

—Podemos comentarles a las Princesas... —sugerí.

—¡Claro! ¡Cuantas más seamos mejor, para que sea más fácil cumplir con el plan y llegar más lejos!

—Va, nos recontra van a apoyar —afirmé, sonriendo.

—Seguro, ellas siempre nos apoyan. Es lo bueno de que nos hayan aceptado, Miki. Ahora no vamos a estar solas nunca más. Tenemos quienes nos protejan y a quienes proteger. Todas las Princesas somos una.

—Y... dime, ¿a ti cómo te va con eso del baño? ¿No te da cosa?

Coti se arregló la colita del pelo y, tranquila, respondió:

—Para nada. Al principio te cuesta, pero después lo haces automáticamente. Comes lo que se te antoja, ¿entiendes? Porque sabes que después eliminas todo.

—Pero el gusto...

—Es costumbre, y es rotundo, como dice Guillermina, después ves los resultados y te da fuerzas para seguir.

—Igual me parece que tú te estás pasando, ¿eh? Una cosa es hacerlo con los chocolates, pero ¿con todo? No sé, capaz que es demasiado, ¿no? Digo, los jeans te quedan flojos, ese que te compraste hace poco, el elastizado, ahora ni lindo te queda.

—Tú por envidia que tienes, nena. Porque sabes que estoy logrando el objetivo. Al final ¿eres amiga o enemiga? Porque si no me apoyas…

—¡Ay, no, Coti, perdona, perdona! ¡Te juro que no es envidia, te juro! Es sólo que no sé, me da la impresión que capaz que no te controlas con eso y que te puede hacer mal. Yo había leído que provocarte el vómito podía hacerte horrible, por eso te lo decía. Pero si tú piensas que estás controlada, ¡yo creo en ti y te apoyo cien por ciento!

—Gracias, confía en mí. No te mentiría y lo sabes.

—Sí, lo sé. Perdona otra vez, te juro que no quise…

—¡Shhh! Todo bien, ya está. Ahora al nuevo plan de entrenamiento, ¿va? Tenemos que llamar a las chicas y ponerlas al tanto de lo que decidimos y seguro nos acompañan.

—Okey —volvimos a entrelazar los meñiques, sonriéndonos.

Esa noche me esperaba un enorme desafío en casa. Mis padres, mi hermano y yo cenaríamos todos juntos. ¿Qué iba a hacer? Varias veces puse la excusa de que no me sentía bien, que estaba nerviosa por el cumpleaños, y me dejaron llevarme la comida a la cama, pero esa noche venía un cliente de mi padre y ellos querían que toda la familia estuviera presente.

Yo ya conocía al señor. Había venido varias veces a casa. Tenía una empresa en Argentina y papá lo asesoraba con no sé qué cosas en Uruguay.

Lo que no sabía es que, esta vez, el señor se iba a aparecer con alguien más.

Un invitado ESPECIAL

Tuve que pensar rápidamente en algo para evitar la comida. No quería hacer lo que hacía Coti. Me daba mucha impresión… Pero, además, ya de por sí, la comida me había empezado a producir náuseas… Cuando tenía un plato delante, empezaba a separar una cosa de otra, giraba el tenedor o la cuchara dividiendo en porciones todo y de esas porciones hacía subporciones y, al final, el plato quedaba dividido en tantos bultitos que me parecía que me habían servido una cantidad tan grande como para darle de comer a un caballo.

Y en esos momentos creí que los demás lo hacían a propósito, para hacerme las cosas más difíciles de lo que ya eran. Que se habían complotado para dañarme. Que Petra estaba haciéndome una guerra silenciosa.

Sin embargo, la pobre Petra no tenía ni idea de lo que pasaba por mi cabeza. Sólo me notaba diferente. Una noche me dijo:

—¿Sabes, Miki? ¡Te veo tan distinta!

—¿En qué sentido? —le contesté, dándome vuelta y haciendo que buscaba algo en el refrigerador para que no me viera la cara.

—No sé, te conozco desde siempre y es como que hay algo, algo que no sé definir, algo que percibo, que está cambiando en ti... pero no me doy cuenta de qué es.

—¡Tonterías, Petrita, tonterías! —le dije, restándole importancia.

—¿No has escrito ninguna poesía nueva? ¡A mí me encanta cómo escribes! ¿Me lees alguna?

—No, no. No pude escribir ninguna más, hace tiempo. Es que estoy a full con las clases, la gimnasia y encima lo del cumpleaños, ¿sabes...? Se me va la inspiración —le mentí. No es que se me fuera la inspiración. Era peor que eso: ¡ni siquiera me había dado cuenta de que ya no escribía mis poesías!

De repente sonó el timbre de entrada. Había llegado el cliente de papá. ¿Cómo me iba a zafar de comer? ¡Qué espantoso! Mi mente divagaba otra vez y no había encontrado la manera de no comer...

La rabia conmigo misma y la impotencia de ser esclava de la comida me hicieron llorar. Me encerré en mi baño, me arreglé y me puse un vestido que, para mi asombro, antes me quedaba ceñido al cuerpo y ahora me sobraba de todos lados. Me quedaba mal. Me veía deforme. Me sentía amorfa. Tenía que bajar más de peso. No podía estar en esto intermedio que era yo. Si fuera perfecta todo caería y no iba a tener problemas, incluso para pasar desapercibida y no ser el foco, como lo era siempre mi mamá.

Bajé temerosa, con unos leggins con algo de brillo, una sudadera larga haciendo juego y unas botas de caña alta, esperando estar a la altura del invitado.

Me había esmerado con el maquillaje. Los trucos de las Princesas me sirvieron un montón para lucir un rostro que parecía sano y rozagante, aunque por dentro me estuviera pudriendo. Y cuando estoy llegando a los últimos escalones, casi me caigo de la sorpresa: un chico de la edad de Franco, más o menos, me estaba viendo bajar, con una sonrisa.

—¡Cuidado! Uf, ¡casi te caes! —me dijo.

No le contesté, pero vio mi rostro turbado por la incógnita de ver a un extraño en casa.

—Perdón que no me presenté. Soy Matías, el hijo de Juan María, el cliente (y amigo, bah) de tu padre —habló con voz gruesa.

—Ah, hola —le respondí, tímidamente.

—Por tu cara, ya sé que no me esperabas. Es que en este viaje decidí acompañar a papá porque como está divorciado de mi madre y yo vivo con ella, no lo veo mucho. Y bueno, cada oportunidad de pasar un rato con él es lo mejor.

—Claro.

—Espero que no te moleste, digo…

—No, no, ni ahí, todo bien. ¡Es más divertido que haya alguien que no hable de negocios!

—Es cierto, qué fiaca, ¿no?

—Tal cual. Pero ta, es así.

—Ahhh, ese *ta* es bien uruguayo.

—Sí, eso dicen —contesté, sonrojándome.

—Cuando ustedes van para Argentina, nos damos cuenta por el *ta*.

Me reí.

—¿En serio?

—¡Sí!

—Y eso de *fiaca* es bien porteño —le retruqué—. Raro que no dijiste *chabón* —le dije, sonriendo coqueta.

Matías se dobló de risa.

Mi hermano apareció en la puerta de la sala.

—¡Estaban acá!

—Seee. Me estaba presentando con tu hermana, la vi bajar y, por supuesto, no tenía idea de quién era yo.

—¿Ustedes ya se conocían? —le pregunté a mi hermano.

—Sí, sí, en realidad nos conocemos de antes. Matías surfeó varias veces conmigo en Punta.

—Cierto. Tu hermano es terrible con la tabla.

—Naaa, ni tanto como tú —le dijo, golpeándole la espalda amistosamente.

—Uf, justo pensé que me salvaba de una conversación aburrida de negocios, ¡ahora parece que no me salvo de una de deportes! —dije bromeando.

Los chicos se rieron y terminamos pasándola genial, conversando, sentados aparte, y eso fue lo mejor. Mi plato lo deformé de tal manera que parecía que había comido, cuando en realidad ni un solo bocado había pasado por mi garganta.

Me sentí superinteligente y feliz. Feliz de haber logrado pasar otra prueba de fuego sin haber tenido un plan de antemano. ¡Fue el paraíso!

Y, hablando de paraíso, aunque a mi mente la ocupaba un 80 % la comida y mi objetivo, lo cierto es que esa noche el 20 % restante lo ocuparon las miradas de Matías, mezcladas con sonrisas de dientes blanquísimos y ojos claros. Matías es el típico rubio-de-ojos-azules, sólo que tiene un algo que lo hace distinto, creo que es la nariz, como algo achatada, parecida a la mía, y una sonrisa inmensa y varonil que le da un toque ¡irresistible!

No sé si él se habrá dado cuenta de que me le quedaba mirando, espero que no, porque hubiera sido un oso total, pero es que por momentos era imposible quitarle los ojos de encima. Y mi hermano, que es celoso, se pasó toda la noche observándonos mientras hablaban, yo me di cuenta de eso… pero así y todo logramos cruzar algunas miradas y sonrisas ¡sin que el guardián del bosque (o sea, Franco) se percatara!

Cuando escuchamos que los adultos se iban despidiendo, a mí me vino una cosita al corazón… ¿Cuándo lo volvería a ver?

Y, disimuladamente, pregunté:

—¿Ya se regresan o se quedan unos días?

—No, nos regresamos mañana —contestó, clavándome la mirada.

—Ah, qué mal —dijo mi hermano—. Si no arreglábamos salir o algo, ¿no?

—Claro, pero tenemos que volver... La verdad, a mí me encanta Uruguay y cada vez que puedo estoy acá. Ni hablar del verano, que lo paso entero en Punta.

Los tacones de mamá resonaron hasta que llegó a nuestra mesa.

—¿Y, chicos?, ¿cómo la pasaron?

—Genial. Muchas gracias. La verdad que muy, muy bien —contestó Matías, poniéndose de pie.

—Me alegro, Matías. ¿Sabías qué? Estuvimos charlando con tu padre y se acerca el cumpleaños quince de Miki. ¿No te gustaría venir con él? ¡Nosotros estaríamos encantados! —le dijo mamá, apoyándole una mano en el hombro.

Casi me caigo de los nervios. Todavía no logro entender cómo hace mi madre para zamparte una situación incómoda y hacértela pasar como algo natural. ¡Inmediatamente que se dio cuenta de que había onda entre nosotros y ya se armó ese arreglo!

—Por supuesto, si Mica quiere, claro... —dijo, mirándome.

—Ay, obvio que Miki quiere, ¿verdad, chiqui? —preguntó mamá, también mirándome con su sonrisa impecable.

¡Noooo, noooo! ¡Qué momento! Sabía que me iba a salir el tartamudeo, y no me equivoqué:

—Sss-sss-sssí, cccl-ccclaro. Estaría increíble que vinieras, si es que no te-te-te aburren los cumples de quince, porque tú ya eres mmm-mmmás grande.

—No, pero eso no tiene nada que ver —dijo Matías—. Cuenten conmigo. Arreglo con papá para que podamos viajar los dos en la fecha que sea.

—Ay, ¡eres un amor! —dijo mi madre, mientras se daba vuelta y me guiñaba un ojo. Yo quedé roja como un tomate. ¡Tras que me sonrojo por cualquier cosa, ante algo como eso lo que siento es como que la cara me va a estallar del calor!

Así me propuse más que nunca llegar bien flaca a mi cumple de quince. Tenía otro motivo más que me reafirmaba que estaba por el buen camino. Y que todo sacrificio valía la pena.

Con el tiempo pude darme cuenta de que yo misma había usado a Matías como excusa para meterme cada vez más en el mundo oscuro al que entras y que por lo general es muy difícil salir… Me obsesioné con su imagen, con ese encuentro, y creé un mundo de algo que no existía.

Pero eso no lo supe hasta que fue tarde, tal vez demasiado tarde.

Espejo DISTORSIONADO

Los días empezaron a hacerse eternos. Por momentos trataba de dormirme para que el hambre me dejara en paz. Me sentía culpable por el simple hecho de pensar en la comida. «Cerda», me repetía. Eso es lo que había que hacer, según palabras de Lali.

Y funcionaba. No comía. Pero me hacía sentir que como persona valía lo mismo que un bote de basura. Todo se centraba en lo que me llevaba a la boca.

El espejo triple del vestidor de mamá se transformó en amigo y enemigo. Si me notaba más flaca, era mi amigo, pero por lo general era un enemigo implacable que, girara para donde girara, me mostraba que tenía un montón de grasa en el cuerpo.

Todavía tenía tiempo para mi cumple, faltaba un mes y no estaba tan lejos de mi meta: ya había perdido varios kilos, pero no era suficiente. Podía y debía dar más. Tenía que ser una pluma, etérea, volátil…

Las Princesas me apoyaban al cien y Coti y yo nos unimos más que nunca. Juntas era más sencillo. En la casa de ella decíamos que comíamos en casa y en casa que ya habíamos comido en la de ella.

El frío se me iba haciendo más intenso. Al no tener calorías, el cuerpo tiritaba y en las noches no podía evitar que los dientes me castañearan aun habiendo calefacción en el dormitorio.

El entrenamiento que nos habíamos autoimpuesto con gimnasia artística estaba dando resultados. La entrenadora estaba fascinada con nuestra fuerza de voluntad, como decía ella, pero no sabía que estábamos sobrepasando el límite de lo que podíamos dar. Caíamos prácticamente desmayadas al final del día.

Greta sólo veía que estábamos «comprometidas con el deporte» y, aunque siempre hablaba de la importancia de la alimentación sana para poder rendir en gimnasia, nosotras sólo la escuchábamos fingiendo interés. Una tarde estábamos entrando con Coti cuando el portero del instituto, que es terriblemente despistado y usa lentes gruesos, nos dijo, sonriendo:

—Buenas tardes, señoritas. Dentro de poco ya ni yo las voy a ver de lo flaquitas que están, ¿eh?

Él no se dio cuenta que con esas palabras nos había hecho un inmenso favor: ¡nos había alertado! Como la vestimenta que hay que usar para este tipo de actividad es superajustada, corríamos peligro de que la mismísima Greta empezara a sospechar, así que Coti y yo fuimos más rápidas y nos arreglábamos para vestirnos con ropa más holgada. Por ejemplo, en vez de los leggins al cuerpo nos poníamos leggins sueltos y apretados únicamente en los tobillos —para que no molestara en los movimientos de salto—, y por encima de las mallas usábamos playeras de cuello caído, grandes y anudadas a las caderas, que cumplían dos funciones: parecer más rellenas —ya que quedan abuchonadas arriba— y evitar que al dar vueltas y giros en el aire se corrieran perjudicando los trucos típicos de la gimnasia artística. Esas playeras sin duda nos hacían parecer un poco más voluminosas.

Greta nos llamó la atención la primera vez que aparecimos vestidas así, saliendo de los vestidores, pero era tanto lo que entrenábamos que hizo la vista gorda. Una de las chicas nos preguntó por qué habíamos cambiado la onda:

—¿Y ahora hay que venir así a clases? —indagó, confundida.

—¿Así cómo? —le contestó Coti.

—Así, con esa onda medio hip hop…

—¡Ja, ja! No es onda hip hop, bueno, capaz que algo, pero es un estilo nuevo que a Mica y a mí nos latió de un video que vimos en YouTube, y como nos tenía muy fastidiadas estar usando lo mismo que hace años, decidimos cambiar un poco.

La chica, que se llama Frida, miró para todos lados antes de responder bajito:

—¿Greta las dejó? ¿No les dijo nada?

—Seee, esa bruja nos dejó. El primer día nos miró medio raro y cuando terminó la clase habló con nosotras y, nada, fuimos sinceras, le explicamos lo mismo que a ti.

93

—¿Y aceptó así, de plano? ¡No puedo creerlo! —rió Frida.

—Me parece que no le queda otra —dijo Coti—. Sabe que si se pone medio pesada podemos abandonar la academia y hacer correr el chisme de que es una arpía. Además, siempre ganamos los primeros premios y no va a querer que nos vayamos por esto, ¿no? —acotó, también riendo.

A la semana siguiente, Frida y gran parte del resto de las chicas andaban como nosotras, con playeras de escote abierto, calentadores y una hasta se animó a ponerse un mameluco, que si bien era elastizado, y permitía todos los movimientos, ¡no dejaba de ser un mameluco! Pero obviamente hasta ahí llegó la paciencia de Greta, que la suspendió por dos clases.

De todas formas, nosotras lográbamos lo que queríamos: que Greta no se diera cuenta de la pérdida de peso para que no llamara a nuestros padres. Y para asegurarnos de esto entrábamos en la academia masticando una manzana o un plátano, que luego escupíamos.

Otra de las cosas que me dificultaban el sueño era el agua. Las Princesas nos obligábamos a tomar como mínimo cuatro litros de agua al día, para que nos diera la sensación de estar llenas, pero eso hacía que a la noche tuviera que ir a hacer pipí a cada rato.

Una tarde, Constanza me pidió que la acompañara a hacer unas compras. Me sorprendí cuando entramos a una tienda de ropa infantil. Ahí vendían ropa para bebés y hasta los doce años. Se llevó una minifalda talla 12 al probador. No le entraba, pero me juró que para antes de mi cumpleaños se la iba a poner.

—Es para una niña. ¿Dices que vas a poder? ¡Sería súper! —le dije, susurrando para que la vendedora no me escuchara.

—Sí, voy a poder. Y tú también. Estamos juntas en esto —contestó, firme, mirando la prenda que tenía en sus manos.

Coti vivía con las mentitas tic-tac en la boca para quitarse el mal gusto de lo que hacía en el baño, pero lo que no podía evitar era el crecimiento de las ojeras, cada vez más pronunciadas. Por eso siempre tenía una barra cubreojeras en el bolso y una base de maquillaje. Le noté menos cantidad de pelo y automáticamente me toqué el mío, mirándome al espejo. Mi cabello nunca fue muy resistente y me asusté un poco cuando me pasé el peine y comprobé lo que sospechaba: había mechones enredados en los dientes del cepillo. Se me estaba cayendo.

Sin embargo, nada importaba. Podía quedar pelona, podía quedar esquelética, podía enfermar, podía pasar frío, pero no podía ingerir alimentos. Tendría que pensar en qué hacer para que este asunto del cabello no me restara puntos con las Princesas. Como cualquiera de ellas, debía ser exitosa, debía triunfar. El éxito y la perfección consistían en ser delgada. Mantendría mi título costara lo que costara. Aunque tuviera que pensar en ponerme extensiones o peluca.

—Y dime, Coti, *tu chico*, seguro te ama más ahora que estás alcanzando la perfección, ¿no?

—Bueno, me pregunta si estoy bien, bah, lo que te preguntan todos… y yo le digo lo mismo a todo el mundo: que el estrés, que la gimnasia, ya sabes, lo mismo que dices tú…

—¿O sea que todo bien con él?

—Más bien que todo bien. Yo lo amo y él me ama, estoy segura.

—Y si es taaaan así, ¿qué miedo tienes a presentarlo y hacer que la relación sea, no sé, conocida por el resto? ¿Por qué no se lo presentas a tu madre, por ejemplo?

—Ay, Mica, ¡tú siempre la misma romanticona de siempre! Hay que dejar que el tiempo pase y que las cosas fluyan, ¿captas? Después se verá… Aparte todavía no somos novios y yo no tengo ningún apuro —me dijo, como restándole importancia al tema.

—¡Eres rara!

—La rara eres tú, nena, que todo el tiempo quieres que las cosas sean como deben de ser, cuadraditas, así —dijo, haciendo el dibujo de un cuadrado en el aire.

—¡No soy de esa manera! —me defendí.

—Ah, ¿no? ¿Y qué hiciste de loco en tu vida?

—Me enamoré. Me enamoré mallll, de un chico que vive muy lejos… —confesé.

Coti dejó de revolver entre la ropa, se giró y susurró:

—¡Mentira!

—No, en serio. Y estoy renerviosa porque va a venir desde Buenos Aires sólo para verme en mi cumple de quince.

Coti me abrazó.

—¡Amiga! ¡Estoy tan emocionada por ti!

—Gracias. Igual no te voy a decir el nombre porque tú no me dices el nombre del tuyo.

—¿Qué me importa? ¡Yo no te pregunté! Me alcanza con saber que estás enamorada y feliz.

—Bueno, feliz, lo que se dice feliz, no sé... O sea, estoy casi segura de que le recontra gusto pero...

—Y si viene desde allá para tu cumple ¡es obvioooo!

—Sí, ¿no?

—¡Claro!

—¡Más nerviosa me dejas!

—Entonces él debería de significar algo extra que te ayude a inspirarte y ser más fuerte para lograr el objetivo que ya sabes...

—Ya lo pensé eso. Me imagino llegando a mis quince hecha una diosa, ¡y él que muere de amor por mí y me dice que seamos novios!

—Seguro que eso es lo que va a pasar. Pero dime, si es que se puede saber, ¿dónde lo conociste?

—¡Ahhh, cayó de improviso en casa! Resulta que mis padres habían invitado a cenar a un cliente y...

Le conté detalle por detalle del encuentro con Matías mientras volvíamos a casa. Al final, Coti me dijo:

—Ese chico es para ti, seguro. ¡Te quiero y amo verte feliz!

—Yo te quiero más —le dije, abrazándola nuevamente.

Los sábados en los que iba al merendero empezaron, por primera vez, a pesarme un montón. Ver el pan con mantequilla y mermelada o la leche chocolatada que les dábamos a los niños de La Abejita me revolvían el estómago.

No sabía cómo iba a tolerar eso sin levantar sospechas, sobre todo delante de Esther, la psicóloga, que era tan pero tan perspicaz. Así que para desviar la atención, contaba que estaba supernerviosa con los exámenes o con la competencia de gimnasia o con lo que fuera. De a poco dejé de servir la comida para dedicarme a otras tareas como lavar las bandejas o entretener a los niños. De esa forma, evitaba estar en contacto con la comida.

Carmencita, la cocinera, un día, con expresión preocupada, me dijo:

—Mica, nena, te veo tan delgada… ¿no te estarás enfermando?

—Capaz, hace días que me siento como agripada y no tengo ganas de comer —mentí.

—Mmm… puede ser algún virus estomacal. Tómate algún té de boldo. Si quieres yo te preparo uno.

—No, no, gracias, cualquier cosa te aviso, pero no te preocupes, es sólo un estado gripal. A veces me agarra cuando ando nerviosa —dije, con una risa tonta.

—Seguro, es que te bajan las defensas ¡y zas! Pero, bueno, si no es más que eso, entonces tienes que cuidarte. A lo mejor tendrías que guardar un poco de reposo, llamar al médico y hacer dieta de enfermos: puré, jugos.

—Sí, mamá ya lo llamó, pero me encontró bien, sólo eso del posible virus, pero no le dio mucha importancia —mentí, otra vez, descaradamente.

—Entonces me quedo más tranquila. Vas a ver que te vas a ir recuperando de a poco —me dijo, con una de sus sonrisas anchas.

Me sentí una porquería. Carmencita era una de las personas más buenas que había conocido en mi vida. La engañé tal como engañaba a mis padres y a Petra, cuando me preguntaban por mi súbito cambio corporal.

Agradecí interiormente que mi prima no estuviera conmigo. Belén no tiene un pelo de boba y seguro hubiera captado de inmediato. Pero controlarla por Twitter, mail o Face era una tontería. Y, aunque antes me apasionaba estar en contacto con ella, en ese momento no sentía ni ganas de hablar con nadie, ni siquiera tenía fuerzas para contarle de Matías, que me había dado vuelta la cabeza.

No sabía qué me estaba pasando, pero, lentamente, estaba dejando de ser yo misma, y ese otro yo que me dominaba se estaba transformando en un monstruo que me dirigía la vida. Aunque, claro, de eso no me di cuenta hasta que casi toqué fondo.

Una noche me sentí terriblemente mal… Además de estar molida, había roto mi régimen y había comido un pedazo de baguette. La punta, que siempre había sido mi debilidad. Fue tal la descompensación psicológica que sufrí, que la culpa por haberlo hecho no me dejaba hablar. Bueno, últimamente ya ni hablaba, tartamudeaba todo el tiempo.

Entré en el chat buscando a alguna de las Princesas, en el grupo de Face privado que nos habíamos hecho para apoyarnos, y vi que Daniela estaba conectada.

Danii: preciosa, cómo estás, princesa?

Mica: llorando

Danii: x????

Mica: :/

Danii: comiste

Mica: si u.u

Danii: mucho?

Mica: no sé q es mucho : ´(

Danii: tranki, belleza, tranki. Hay solución.

Mica: cuál? q?

Danii: busca en Google las calorías de lo que comiste

Mica: sip

Danii: ok, desp haces una rutina de abdominales

y aerobics, salta la cuerda, etc. hasta quemar esas
calorías y +, aunq t pases la noche
Mica: ok, eso no me importa, hago lo q sea
Danii: excelente respuesta, princesa. Tqm
Mica: grax x estar ahí
Danii: a trabajar, entonces, linda
Mica: ya mismo. ☺

Y, aunque estaba exhausta con el día largo que había tenido, chatear con Dani me dio la energía suficiente para vestirme con pants y una camiseta gigante de mi hermano —que disimulaba la delgadez que se acentuaba cada vez más, aunque yo me seguía notando gorda—, bajar al gimnasio y hacer bicicleta hasta las tres de la mañana contando las calorías que iba quemando. Cuando, no sé cómo, logré subir a mi habitación, caí completamente sudada y desplomada en la cama, hasta que sonó el despertador para ir a la secundaria. No tuve fuerzas ni para bañarme.

A pesar de que ya no me sentía ni siquiera humana, estaba feliz porque estaba logrando eliminar la grasa de mi cuerpo, quemar calorías y, por lo tanto, era probable que, en un rato, cuando me pesara antes de ir a la escuela, hubiera adelgazado algunos gramos más.

Papá apareció en el gimnasio a medianoche y se sorprendió al verme, pero yo ya sabía cómo manejarlo.

—Miki, ¿qué haces a esta hora acá?

—Entreno, papá. Todo requiere un sacrificio. Eso nos dijo la entrenadora y yo quiero dar lo mejor de mí. Y además —dije con voz melosa—, eso lo aprendí también de ti.

Su cara se transformó en una expresión de puro placer.

—No hay duda de que eres hija mía, ¿eh? —dijo con orgullo, dándome un beso.

—De tal palo, tal astilla —contesté, sonriendo.

—No te olvides de tomar líquidos, tienes que hidratarte. Mira si dentro de poco te da por correr maratones y salimos juntos. ¡Sería divertido!

—Sí, ¡no estaría mal! —contesté, mientras continuaba pedaleando.

—Bueno, me voy a acostar, no te demores mucho más que mañana tienes escuela.

—Dale, papi, gracias.

Me dio un beso y se fue. ¡Era tan fácil de manipular!

Pero si papá era fácil, ¡mamá era muuuucho más! A veces afirmaba que estaba gorda, se miraba en el espejo, se volvía a probar la ropa, ponía cara de disgusto, empezaba una dieta, juraba que iba a dedicarle más horas a ejercitar. También se puso a hacer una dieta estricta para llegar «espléndida» (como dice ella) a mi cumple de quince. Y estaba a favor de verme igual de radiante a mí. Así que un día, cuando me dijo que Petra le había comentado que estaba preocupada porque me notaba demasiado delgada, le contesté:

—Ma', es inevitable. Estoy taaaan nerviosa con lo del cumple que se me cierra el estómago y se ve que como menos…

—Sí, comes menos. Petra me dijo que dejas siempre comida en tu plato, pero bueno, es un periodo que seguro se pasa después de tu cumple, y si llegas delgada tampoco es que le haces mal a nadie —dijo, guiñando el ojo, un gesto que usaba muy seguido.

—No, claro… En todo caso lo peor que puede pasar es que después, cuando me recupere, no me entre el vestido —reí tontamente.

—Sí, eso es lo más seguro, porque la última prueba que hicimos ¡hubo que ajustar por todos lados, Miki!

Me reí, sonrojada.

—Ay, mi amor, hablando de vestido, estoy amargadísima con el mío. No me está quedando como me imaginaba… Y eso que le insisto a Ruth, pero no da en el clavo… Yo creo que voy a cambiar el modelo, porque ese que elegí quedaba bien en la revista, pero a mí me hace ver medio gorda.

—¿Te parece, mami?

—Sí, sí… ¿No viste que me hace caderona?

—No sé, no me di cuenta, para mí te queda relindo. Bueno, igual todavía queda tiempo. Vas a estar preciosa, mamá, siempre estás divina.

—Últimamente más o menos, ¿eh? ¡Subí dos kilos con tantos compromisos! Pero bueno, gimnasia, yogur un par de días, esta dieta que arranqué y me depuro, ¿sabes? —preguntó sin esperar respuesta.

Yo le hubiera contado varios tips, pero todavía me quedaba lucidez como para no abrir la boca.

La sala donde la modista me probaba el vestido era enorme y tenía dos paredes cubiertas de espejos. Ruth me observaba con el ceño fruncido, mientras mamá y la abuela Clopén, sentadas, comentaban lo hermoso del corte y que habían acertado con la elección del modelo y la tela, que me quedaba espectacular y seguro sería tema de conversación en las revistas de moda. Pero la modista seguía con esa expresión ceñuda mientras volvía a tomar con alfileres la tela sobrante de busto y cintura.

—Señora —llamó Ruth, interrumpiendo el diálogo.

—¿Sí, Ruth?

—Mire esto —dijo, mostrándole la tela que debía seguir ajustando debido a mi talla cada vez más pequeña.

—Ay, sí, Miki está tan pero tan nerviosa que yo creo que no asimila lo que come, se le va… Y es lógico, un cumpleaños de quince debe de generar esa nerviosidad, ¿no, amor? —me dijo mamá, pellizcándome una mejilla.

—Tendría que hacerla revisar por algún médico, señora. Esta chica está perdiendo demasiado peso. Es la tercera prueba de vestido, realmente, tengo experiencia y sé que se baja mucho, pero no tanto. Las novias bajan de peso rapidísimo, pero Micaela es una niña…

—¿Qué pasa? —preguntó la abuela, que entre que no escucha demasiado bien, tampoco captaba del todo la conversación entre la modista y mi mamá.

—Nada, nada, Clopén. Que Ruth dice que Miki está delgada, pero yo le explicaba que los nervios que está pasando esta chica son terribles.

—¡Ahhh! Seguro, fue como cuando me casé. La modista me tomaba tela sobrante en cada prueba porque era increíble lo que bajé de peso, pero no te preocupes que después se recupera ¡y hasta demasiado rápido, diría yo! —rió la abuela.

Ruth se encogió de hombros y terminó de hacer su trabajo en silencio.

Ese mismo día, tuvo lugar otro acontecimiento importante, esta vez con mi hermano.

—¿Qué onda con Coti, tu amiga? —me preguntó Franco, sentado a mi lado frente a la pantalla de TV que ocupaba casi toda la pared.

—¿En qué sentido? —le pregunté distraída, con el control remoto en la mano.

—En el único sentido coherente que existe, Miki, no te hagas…

—¿Por la flacura, dices?

—Obvio. La conozco desde chiquita y nunca la vi así.

Me mordí el labio, nerviosa. El tartamudeo apareció de golpe y la ceja se me levantó como en una levitación.

—Ess qqqueee…

—¿Está enferma o qué?

—No, no… bah, creo que no. Creo que le pasa lo mismo que a mí, con todo esto del cumpleaños, la gimnasia artística, es como que…

—Es tu cumpleaños, no el de ella, así que no veo que se ponga nerviosa y que la deje en el estado en el que está. Si tan amiga de ella eres, deberías preocuparte. Está pálida, ojerosa, parece un palillo… ¿No viste que los jeans le quedan todos flojos?

—¿Y tú qué le andas mirando los jeans? —le recriminé, superofendida.

—No seas tarada, nena, no es que le esté mirando los jeans, ¡es que salta a la vista! O sea, no te digo más porque ya piensas cualquier cosa.

—¡También! ¡Me dices que mire cómo le quedan los jeans! ¿Desde cuándo tú andas mirando a mis amigas así? ¡Eres un degenerado, m'ijo!

—¡Cállate, no seas ignorante, nena! ¡Estoy preguntando por la salud de tu amiga, deberías estar preocupada! Pero allá tú si quieres desviar la conversación. Tan amiga que eres, pero no lo demuestras ni un poquito. Tú y esa banda de «nuevas amiguitas» que te hiciste, que parecen salidas de una tienda de muñecas Barbie, por favor, dan lástima —dijo, quitándome el control remoto de las manos y apagando la tele.

—Shhh, m'ijo, yo no me meto con tus amiguitos, que se creen mil porque surfean y no hacen más que sacar músculos ¡porque al cerebro no hay quién se los haga desarrollar!

—¿No ves que estás enfermita?

—El único que se salva es Teo, que tiene cerebro, ¡pero el resto…!

—Anda, así estás quedando como esas Barbies, que más bien parecen Barbies desnutridas —me dijo y me golpeó la cabeza con el puño, como quien golpea una puerta—: Toc-toc, ¿hay algo acá adentro? —se burló.

—¡Tarado, vete de aquí! ¡No te aguanto! Ojalá te vayas de una vez, ¡me tienes harta! —grité.

—No te preocupes. Ya tengo el pasaje, después de tu cumpleaños, ¡bye, bye! El avión me espera…

—Ojalá pase rápido el tiempo, ¡así te vas ya! —le contesté, tirándole un almohadón, mientras él desaparecía escaleras arriba dejándome con los ojos hinchados y el corazón llagado.

Y lamentablemente, el tiempo pasó rápido. El festejo de mi cumple llegó y esa misma mañana me hice el último pesaje de mi objetivo: ¡había bajado más de lo que me había impuesto como meta! Lo malo es que también había bajado las calificaciones del colegio… Mi poder de concentración era cero y estaba verdaderamente agotada.

Mamá le compró un vestido a Belén para que luciera en la fiesta. Mi tía Celina la dejó venir, a pesar de que ni ella ni Cacho habían sido invitados. Me enojé con mis padres, porque si bien Cacho es un extraño para mí, también es cierto que es mi abuelo y que mi otro abuelo murió, y hubiera sido lindo bailar el vals (ya que me obligaban a hacerlo) con él. Pero mis padres ni siquiera pensaron en la posibilidad de invitarlos. Papá dijo que sería mancillar el nombre de la familia y que, aunque mamá tenía esos parientes, ella estaba hecha de otra madera. No sabía cómo decirle a Belén, pero cuando le expliqué que mis padres la invitaban sólo a ella, Belu me contestó que mejor así, porque seguro que su mamá y Cacho se habrían sentido como sapos de otro pozo. Y, para rematar todo este lío familiar, me emocioné cuando recibí el regalo de parte de ellos: un bonsái que Celina cuidaba desde hacía siete años.

Cuando Belén llegó a casa, ese viernes por la noche, se me quedó mirando, muda de la impresión. Sonriendo, la abracé y le dije que la había extrañado.

—¿Qué te pasó? —me preguntó, preocupada.

—¡Los nervios, primi!

—Sí, sí, pero estás *demasiado* flaca… ¡Estás horrible!

—Ay, ¡qué bondadosa!

—No, en serio, Miki, me impresiona mirarte… es como ver a otra persona.

—¡Ufff! ¡Eres taaaan exagerada!

Belén me miró con desconfianza. Y supe que no la había convencido con la respuesta. Con ella no iba a ser tan fácil como con el resto de mi familia.

Lo único que me aliviaba era saber que se quedaba sólo tres días porque tenía clases. Sólo tres días para disimular. Podía hacerlo.

DOS DESILUSIONES

Los dos últimos días antes de la fiesta fueron caóticos. Aunque todo estaba organizado, mi madre quería estar en cada detalle. Fue veinte veces al salón donde se hacía el festejo para corroborar que los manteles fueran color mantequilla, no podían ser beige. La decoración a base de flores secas tenía tonalidades en la gama del café claro y mamá se negó rotundamente a poner globos porque eran «inadecuados para una fiesta de nuestro nivel», así que en vez de globos comunes ella misma trajo unos globos espectaculares, en forma de corazón, forrados en terciopelo beige y que se ubicaron en diferentes lugares del salón.

Los centros de mesa fueron tema de discusión con la decoradora, hasta que se resolvió colocar copas de cristal inmensas repletas de flores secas y rosas frescas, de color mantequilla igual que los manteles.

Al final ya me había hasta ilusionado con la fiesta y eso que al principio detestaba la idea. Pero después de saber que Matías iba a ir, en lo único que pensaba cuando las tripas me sonaban de hambre era en que, al entrar al salón con el vestido vaporoso y el tul a modo de chal que me cubría los hombros y gran parte de la espalda (una dermatóloga de Brasil había venido expresamente a tratarme los granitos y hacerme peelings para ese día), él iba a verme única, increíble, etérea… Sería la protagonista de una de mis propias poesías.

No iba a recibir a los invitados, sino que ellos debían esperarme a mí. Por eso, mi entrada fue meticulosamente planeada, al igual que todo, aunque por suerte no pudo llevarse a cabo, me hubiera dado mucha vergüenza. La intención de mi madre y mi abuela era que el ventanal del salón, que da a un enorme parque con fuentes y un lago artificial, estuviera abierto. Que yo llegara en un carruaje, entre fuegos artificiales que culminarían con uno formando mi nombre, e hiciera mi gran entrada entre humo perfumado. Un horror. Pero como era pleno invierno, lo de los fuegos artificiales era mejor no programarlo por si llovía o hacía mucho viento, lo que también supondría un posible alboroto en la delicada decoración del salón con el ventanal abierto a un clima crudo.

Por ende, la entrada fue más sencilla, más acorde a mi estilo, y un detalle que me encantó es que mi madre eligió un tema que según ella representaba mucho de lo que sentía por mí: *Chiquitita*, de ABBA. Me quedaron grabadas dos estrofas, ¡porque me resultaron tan pero tan significativas! Decía así:

> Chiquitita, sabes muy bien
> que las penas vienen y van
> y desaparecen.
> Otra vez vas a bailar y serás feliz,
> como flores que florecen.

Chiquitita, no hay que llorar,
las estrellas brillan por ti
allá en lo alto.
Quiero verte sonreír
para compartir
tu alegría, chiquitita.

Después de los aplausos, entre todos los invitados que se habían puesto de pie esperaba ver a Matías, que me sacaría a bailar el vals luego, por supuesto, de mi papá y mi hermano, y después, al oído, me pediría que fuera su novia.

¿Cuál fue la realidad? Que Matías ni siquiera fue. Mi entrada y todo el *bluff* de la situación fueron para las Princesas, algunos compañeros de la secundaria, seis o siete amigas de la primaria, y los trescientos y pico de invitados de mis padres: clientes y amigos que yo prácticamente no conocía.

Bailé primero con papá, después con Franco, ahí apareció Teo… pero mi mente estaba en otra parte. Mientras bailaba, miraba de reojo, esperando encontrar a Matías. Cuando su padre se acercó y me sacó a bailar, sólo me dijo que estaba hermosa y que era la niña más linda que había visto nunca. No me animé a preguntarle por su hijo y él ni lo nombró. A partir de ese instante, todo fue cuesta arriba para mí.

Esa primera desilusión sólo dio paso a una segunda, todavía peor. Después de haber sido saludada, abrazada, besada y demás por todos esos adultos extraños, busqué a Coti y a Belén. Quería estar con alguna de ellas, para sentirme un poco más cómoda… Así que esquivando educadamente más saludos y cumplidos de los invitados, divisé a Coti con las Princesas en un extremo del gigante salón.

A pesar de la música, a medida que me acercaba, pude escuchar la conversación que, literalmente, me hundió en una depresión espantosa.

—Aunque al mono lo vistan de seda… —decía Lali.

—Seee, mona se queda. Así es el dicho —confirmaba Daniela, a las carcajadas.

—¿No vieron, chicas? Es un cerdo, parece que las bubis le van a explotar, y con ese vestido de diseñador que seguro le compró la madre de Mica, porque no tiene donde caerse muerta… Es patética —afirmó Lali, con cara de asco.

—¡Yo no sé cómo la invitaron! —dijo Crista, en su defectuoso español.

—Lo que pasa es que es la prima, ¿sabes…? —acotó Guillermina.

—La prima pobre, ¡un clavo! —remataba, para mi asombro, Coti—. Siempre le andan dando ropa y todo eso…

—Pero es tal cual, le pongan lo que le pongan, no deja de ser lo que es, y eso se nota —siguió Federica.

—Y medio negrita, ¿no? Porque vieron que parece tostada por el sol, pero, nena, ¡eso no es de cama solar, mi amor! —concluyó Lali.

Las carcajadas perversas me retumbaron en el alma. Me di vuelta y salí a buscar a Belén.

Mi prima estaba feliz, divirtiéndose, con ese carácter alegre que siempre tiene, bailando con mi hermano y Teo. Miré a un lado, las Princesas cuchicheando maliciosas, y al otro, Belén mostrándose tal cual era, sin complejos, sin vergüenza, siendo lo que es, hermosa por dentro y por fuera también.

¿Cómo podían juzgar tan duramente a alguien por cómo luce? ¿Cómo no veían la belleza de mi prima, su sencillez, lo cálida que es, lo genuina, lo verdadera? ¿Cómo no apreciaban su alegría, la sonrisa franca? Me dieron ganas de llorar, abrazarla y protegerla...

Fui al baño, que tenía un espejo que cubría toda una pared y varios compartimentos con sus respectivas puertas. Elegí uno y me encerré. Recién en ese momento me permití soltar esas lágrimas que tenía acumuladas, aunque sin hacer ruido. Me tapé la boca con las manos mientras las lágrimas me mojaban la falda vaporosa del vestido blanco.

De repente, sentí pasos. Instintivamente levanté las piernas y arrollé el vestido para que no vieran que yo estaba ahí. Y, para mi horror, escuché las arcadas que anteceden al vómito.

Me sentí completamente perdida. Y vacía.

Decidí salir y vi a Coti, que estaba haciendo buches de agua y me sonrió en el espejo como si nada. La piel se me erizó. Supuse que era ella la de las arcadas... Se veía horrible, con los ojos rojos del esfuerzo y las mejillas hundidas.

—Uhhh, ¡qué carita! ¿Qué te pasa? —me preguntó.

—¿Por? —le contesté, como si no me sucediera nada y me llamara la atención su pregunta.

—¡Mírate! —me dijo, apuntando al espejo.

Yo también tenía los ojos rojos de llorar, el maquillaje corrido y la nariz colorada.

—Tranquila, ¡que siempre tengo conmigo el neceser salvador! —me dijo, abriendo su cartera y sacando un estuche de maquillaje que comenzó a pasarme y a pasarse. Tapó las ojeras, dio vida a las mejillas con rubor, sombra en los ojos, rímel en las pestañas y el toque de brillo en los labios.

—Estamos listas —anunció, guardando su set de maquillaje que dejaría en el guardarropa.

Tuve ganas de encararla en ese instante por lo de Belén, pero no lo hice, y además fue ella quien me dejó peor aún al preguntarme:

—Bueno, ¡ahora sí llegó el momento y no te me vas a escapar! ¿Cuál es? ¡Muéstramelo ya!

—¿De qué hablas? —le pregunté, haciéndome la boba.

—¡Ay, no te hagas! ¡De *tu chico*!

Bajé la vista, junté coraje y hablé con el tono de voz más tranquilo que pude poner:

—Emmm, no… no…

¡La lengua se me trababa!

—¿No qué? ¡Me muero por verlo!

—No vino.

Me miró con los ojos como dos platos.

—¿¿¿Qué??? ¡Mentira!

—No, no pudo. Es que justo le pusieron un examen heavy y no se pudo zafar.

—¡Qué mal viaje!

—Seee, total.

—¿Y te llamó o algo? Supongo, ¿no?

—Por supuesto, y me mandó un regalo divino, con el padre —mentí.

—Bueno, por lo menos está tu «suegrito»… —dijo, juguetona.

—¡Ay, cállate! —me reí, por no largarme a llorar ahí mismo.

—Y sí, y sí, viene a ser tu suegro, ¡asúmelo!

—¡Eres tan boba!

Aunque me reía por fuera, las lágrimas estaban contenidas en mi alma. No sólo por lo de Matías, sino por lo de mis supuestas amigas Princesas, por Coti y sus vómitos, por los invitados que para mí no significaban nada, por mi hermano que pronto se iría, por mi falta de coraje para enfrentar ahí mismo a Constanza y decirle que había escuchado lo que dijo de mi prima… ¡Por tantas cosas!

Fue un cumpleaños de quince muy glam para todos, y —definitivamente— muy triste para mí.

Agosto pasó volando. Después de mi cumpleaños, tocó despedir a Franco. Me afectó horriblemente su partida y sé que a él también. Había algo que no me había contado, lo intuía, como dicen que intuyen los hermanos gemelos, aunque nos llevemos tres años.

Coti estaba cada vez más malhumorada, igual que yo, debo admitir. La bulimia (ahora sabía que eso de comer y vomitar se llama así, aunque entre las bulímicas le dicen *Mia*, como si fuera una persona o un espíritu o algo similar) la ponía insoportable y cuando mi hermano se fue, aunque la invitamos a venir a despedirse, puso la excusa de que tenía que estudiar porque estaba superatrasada.

Me dolió que hiciera eso porque ella era mi besta y debería de haberme acompañado en ese momento duro. Pero no sólo me falló ella, sino también Teo, otro de los ausentes.

Teo para mí es como un hermano más, un guía, él habla mi mismo lenguaje porque ama la poesía y la literatura, entonces siempre nos intercambiamos datos de concursos literarios, de cuentos cortos en la Red, de libros que leemos y después los discutimos por chat. Sin embargo, hacía tiempo que Teo no se comunicaba conmigo. Bueno, yo con él tampoco porque con todo lo que estaba pasando me era difícil concentrarme en algo en particular que no fueran las calorías.

De todas maneras fue una sorpresa espantosa no verlo en el aeropuerto. No por mí, sino por mi hermano. Nuestros mejores amigos brillaban por su ausencia. Y eso me hizo cuestionar muchísimo acerca de la amistad verdadera. ¿Existía o era un mito? ¿Había gente que de verdad era leal con otra gente o el mundo estaba lleno de egoístas e hipócritas? ¡Uff! Se me estaba por salir una lágrima, que retuve con más coraje que el que pensé tener.

En cuanto a mi BFF, si bien estaba dolida con ella por haber hablado de mi prima de esa forma, haber apoyado a las Princesas con lo que dijeron, tampoco la podía culpar del todo porque yo misma no las había encarado. Tendría que haberles dicho que no valían nada como seres humanos y que no merecían mi amistad ni la de nadie, pero no me animé. ¿Qué iba a hacer sin ellas? Sí, fui una absoluta cobarde, una hipócrita y siento vergüenza de mí misma.

Así que agosto fue un mes muy, muy triste.

Matías no dio señales de vida, ni siquiera mandó un mail para disculparse por no haber ido a mi fiesta. Mi hermano y él se escribían seguido, pero sólo hablaban de surf y ese tipo de asuntos. Que yo sepa, nunca le preguntó por mí.

Y después de que mi hermano se fue, tuve cero noticias sobre Matías... Me dolía horrible, porque me había entusiasmado como una estúpida cuando lo conocí. Mi autoestima caía en picada…

Para agravar todo, Coti ya no quería ir a casa. Ni siquiera a entrenar. Estaba débil y Estela, su madre, un día llamó a la mía para decirle que estaba preocupada por su hija, que la veía demacrada y que el carácter no era el mismo. Mi mamá, que hasta ese entonces le restaba importancia a todo, le contestó que «eran cosas de la edad», que yo también estaba demacrada, que tal vez estuviéramos siendo sobreexigidas y que probablemente estaríamos necesitando unas vacaciones.

Los meses más fríos del año los sufrí como nunca. Tiritaba, literalmente, bajo los cobertores y colchas. Aunque la casa era abrigada, gracias a la calefacción central, mi cuerpo no la percibía. Seguía autoimponiéndome un régimen cada vez más estricto que cumplía a rajatabla y las Princesas seguían controlando el peso de cada una.

Nos llevamos tremendo susto cuando, a fines de agosto, Guillermina no apareció en el colegio. El adscripto nos dijo que se había desmayado en la casa. Los padres de Guillermina están divorciados y, al igual que los míos, trabajan miiiiiles de horas al día. Guille vive con su madre, el esposo y dos hermanitos del matrimonio nuevo de su mamá.

De todas formas, no pasó de un susto porque a los dos días se reintegró a la secundaria y la vimos muy bien. Los padres quedaron convencidos de que el estrés de los próximos exámenes le estaba comiendo los nervios y por eso sufrió una baja de presión importante. Nosotras, sin embargo, sabíamos la verdad. Pero nuestro pacto era sagrado. Silencio, ante todo y ante todos. La protección era el valor más preciado de nuestro grupo.

Mamá insistió en que unos días al aire libre y relax harían maravillas en mí. Así fue como se planeó que en las vacaciones de primavera nos fuéramos a la casa de Punta del Este para descansar. Invitó a Belén, que aceptó feliz. Si bien yo adoro a mi prima, me sentí muy confundida con su venida. Por un lado la quería ver, quería estar con ella, compartir nuestros encuentros, escucharla hablar, gesticular, moverse… Por otro lado, sabía que su visita me iba a traer más complicaciones, mayor trabajo y cuidado, porque Belén es muy pero muy viva. Así que mis sentimientos estaban encontrados. Iba a tener que fingir más de lo habitual y eso no me causaba gracia. Ya estaba agotada con todo lo que hacía, y pensar en que tenía que invertir más tiempo y trucos para disimular, me dejaba exhausta mentalmente.

También invitó a Coti, pero por suerte (porque a esa altura no estaba ya tan segura de lo que sentía por ella) la mamá dijo que prefería que descansara en la casa y que además el padre probablemente viniera de sorpresa. Hacía meses que no lo veían. Sabiendo lo que Coti sentía por él, no me puse muy contenta… y temí que la situación de mi amiga empeorara todavía más.

Belén llegó un día antes de partir a Punta del Este. Pasamos esa noche juntas, hablando de mil y una cosas, y por supuesto que volvió a comentarme sobre mi delgadez, pero la corté de tajo cambiándole de tema y confesándole lo que había pasado con Matías y la tremenda desilusión que me había llevado.

—Bueno, primi, ¡pero tú también eres un poco exagerada! Recién lo conociste, lo viste una vez y un rato, o sea, todo bien, pero me parece que no da para tanto...

—A ti porque nunca te pasó eso de conocer a alguien y flashear. Encima que me dejó plantada...

—¿Ves que sigues exagerando? Plantada hubiera sido si quedaron en salir y no fue, pero lo que hubo fue una invitación de tus padres a su padre y en extensión a él, nada más.

—¡Pero él dijo que iba a ir!

—Ay, sí, ¡como yo le digo a mi madre que voy a ir al almacén y salgo a andar en bici! Uno dice cosas y capaz que en el momento piensa que son así, ¡pero después te da flojera o yo qué sé!

—Bueno, pero ¿ni siquiera llamar?, ¿o decir algo por mail?

—Sí, en eso tienes razón, hubiera sido lo correcto, pero seguro él no le dio la importancia que tú le diste o te habría buscado en el Face, ponle.

—Ay, listo, eres una pinchaglobos. Capaz que le pasó algo... —intenté defenderlo yo.

—Y si le pasó algo te lo dice, ¡qué tanta historia!

—Capaz que le da cosa decirme…

—Ay, Miki, ¡a veces eres taaaan lenta! Y me parece que soy yo la que tiene dos años y medio más que tú, ¡y no al revés!

—¿Dices que soy muy ilusa?

—Yo digo que el chiquilín está en otra. La pregunta acá es: ¿a ti te gusta o te encanta? Porque hay una diferencia entre esas dos cosas.

—¡Ayyy, naaa! ¡Mira tu pregunta! ¡Si mamá tiene razón cuando te dice que eres *El libro gordo de Petete*!

—Seee, ¡cosa que tuve que googlear para saber qué era eso! —contestó, riéndose con ese sonido alegre que le sale naturalmente—. Yo no tengo la culpa de ser curiosa. Me gusta saber de todo. No es de matado ni de nerd.

—Ya sé, me encanta tu personalidad. Eres superdiferente a mis amigas y eso te hace especial —le dije, abrazándola.

—Hablando de tus amigas… ¡son medio raritas! Perdón que te lo diga así, sin anestesia, ¿no?

—¿Qué? ¿No te caen? —pregunté, con cierto dejo de sorpresa fingida.

—Y no sé, ni siquiera se acercaron a saludarme en tu cumple cuando ellas saben que soy tu prima. Además me miraban medio de costado. ¿Viste cuando alguien va a hablar feo de otra persona? Pues ¡así me miraban! ¡Y no me digas que lo imagino! —dijo apuntándome con el dedo índice.

—Sí, ya sé, son un poco… distintas, diría yo —contesté, cautelosa.

—¿Distintas? Son unas estiradas que encima deben de pesar veinte kilos entre todas. ¡Pfff! Un buen cocido les hace falta, de esos que hace Cacho, con choricito colorado, papas enteras, ¡mmm…! —dijo, cerrando los ojos y lamiéndose los labios. Después me volvió a mirar y agregó—: Y a ti también te haría falta uno de ésos, bien cargadito. Estás que pareces un alambre.

Casi la agredo. Me dieron ganas de golpearla. ¿Su presencia se tornaría en una amenaza? Simulando tranquilidad le contesté:

—Sí, sí, los nervios de ese cumple me cerraron el estómago…

—Se nota, tú.

Hizo una pausa, y continuó:

—Otra que se puso de nariz parada es la tal Coti, amiga tuya. Ella sí que me conoce de todas las veces que estuve acá, ¡y sabes que medio se quiso hacer la que no me vio! Pero yo fui y la saludé.

—¡Bien hecho! Sip, Coti anda medio mal, no sé qué le pasa.

—Otra que le falta un buen guiso. La verdad que no sólo tú pareces un palo, ellas son palillos. ¡Me impresiona verlas, puaj! Y hablando de eso… ¿Petra no habrá dejado alguna cosita en la cocina? ¿No quedará alguna chuleta?

—¡Ayyy, no seas, Belu! *Chuleta*, eres graciosa. Acá es *costilla*. Ve tú si quieres, yo no puedo más, estoy repleta y con sueño —mentí.

—Estás muy fastidiosa, ¿eh? ¡Pensar que antes jamás hubieras dicho que no!

—No te enojes, es sólo que…

—Naaaaaa, no me enojo, debe de ser eso de tu «estómago cerrado». Igual yo también estoy muerta de sueño. El viaje fue largo y no pegué un ojo. Me enganché con un libro y no pude parar hasta terminarlo, si no tú sabes que me duermo todo el camino…

—¿Qué leíste?

—¡Una novela de suspenso alucinante! Mañana te cuento. Se la tengo que recomendar a Teo.

—¡Uh, Teo! Ni me hables. Otro que se borró. Terrible desilusión.

—¿Cómo que se borró?

—Sip. Después de mi cumple, zas, desaparecido en acción.

—¿Y tu hermano qué te dijo? Capaz que se pelearon o algo…

—Sí, capaz, bah, seguramente. Mi hermano me dijo que Teo es un tarado, pero como ya se pelearon otras veces y después está todo bien… Igual te digo, nunca estuvieron tanto tiempo sin hablarse, al menos que yo sepa. Además, por más que se pelearan, él igual me hablaba, pero ahora ni eso. Me borró de plano.

—Uy, ¿será algo grave?

—¡Ni idea! Siguen en contacto ustedes, ¿no?

—Sí, obvio, no hay mejor chico que él. ¡Sabe de todo, mira! Le hablas de Tanganika y se sabe la capital. No hay muchos muchachos así.

—Me imagino.

—Seee, nos recomendamos eBooks, blogs, videos y cosas de ésas todo el tiempo. Y el otro día le hice escuchar los últimos temas del Cuarteto de Nos y de NTVG (esas bandas que tú no escuchas, pero que a mí me encantan) y le regustaron. ¡Otro punto a su favor!

—Ajá.

—¿Y por qué ese *ajá*? ¿Así, con voz de asquito?

—Por nada.

—Anda, dime.

—Porque listo, porque no entiendo. O sea, para mí es como un hermano, pero resulta que desde que Franco se fue, ¡plaf! Se borró él también y a la única que le escribe es a ti… que no es por nada, pero no capto todavía cómo alguien de la edad de Teo te tenga de amiga, es decir, todo bien, pero tú eres una niñita para él.

Creo que se me fue la mano porque la cara de mi prima se transfiguró y parecía un perro bulldog cuando me contestó, seca:

—Seré una niñita, pero soy una niñita que sabe de muchas cosas y se interesa por temas de más grandes, así que no sé qué tanto te extraña.

—Uy, Belu, perdón. No quise ofenderte, te juro. Yo sé que, aunque tengas doce años, a veces, o la mayoría de las veces, eres más madura que yo.

—Bue, tampoco es la gran cosa…

—No, en serio. ¿Me perdonas?

—Sí, sí.

Se hizo un silencio y ella volvió a hablar.

—¿Pero le escribiste, le llamaste o algo?

—¿De qué hablas? —le pregunté, distraída.

—De Teo. De lo que estábamos hablando antes de que me acusaras indirectamente de inmadura —contestó, bromeando—. ¡Pareces Cacho, que cada dos por tres se olvida de lo que le dije hace medio minuto!

Me reí.

—No, no. La verdad que ni tiempo tuve. Pero bueno, él tampoco me escribió a mí. Y a ti sí.

—Emmm… ¿estás celosa?

—Ah, no, ¡pero si tú tienes que ser medio tonta! ¿Celosa de Teo?

—No en el sentido romántico, nena, sino en que no sé, me quiera como a ti, como a una hermana…

—Ah… y sí, yo qué sé… Lo extraño. Prácticamente nos criamos juntos porque es el mejor amigo de mi hermano desde el jardín de niños.

—¿Pero?

—Pero nada, me reeeemolestó que no hubiera ido a despedir a Franco al aeropuerto. Eso.

—No es por darte el avión, pero en eso tú tienes razón. Sea lo que sea que haya pasado, tendría que haber ido...

—Claro, ni se discute.

—En fin... cambiando de tema, estoy ansiosa por ir a Punta del Este y salir a caminar por la playa. ¡Cómo me encanta la playa!

—¡Pero capaz que hace frío todavía! ¡No te emociones!

—Yo no me pienso meter al agua, pero me basta con caminar por la orilla...

—Sí, a mí también. ¡Nos van a venir súper estos días!

¿Destino o coincidencia?

La casa de Punta del Este es hermosa. Está en una zona boscosa, donde los pinos dejan ese aroma característico que me encanta, parecido al que le siento a Belén: olor a césped. Cuando llegamos, Petra se encargó de organizar todo mientras Belu y yo deshacíamos las maletas.

Aunque la casa tiene varios dormitorios, las dos quisimos compartir uno. Cuando Belén se distrajo con otra cosa, fui hasta la habitación que tenía una báscula digital y me la llevé corriendo al baño de la nuestra, haciendo de cuenta que siempre estuvo ahí. No podía apartarme de la báscula, por supuesto, ya que necesitaba llevar un control exacto de cómo evolucionaba mi peso. Me miré en el espejo antes de colocar la báscula entre la taza y el bidé, y por un instante me sentí culpable. El espejo no es de cuerpo entero, pero yo sabía que subiéndome a la tapa del inodoro me podía ver perfectamente bien, así que tomé en cuenta quitarme los zapatos cada vez que entraba al baño para no levantar sospechas de pisadas en la tapa, si me olvidaba de limpiarla por algún motivo o tenía que salir apurada.

A esas alturas, necesitaba mirar mi cuerpo a cada hora, para comprobar que no tenía ningún tipo de abultamiento extra. Siempre había algo que achicar. O la cintura no era lo pequeña que yo quería, o la cadera tenía que reducirse una talla, o el abdomen lo notaba hinchado.

Me ponía de perfil, me miraba de espaldas, me doblaba hacia adelante para ver si se me formaba alguna lonja o si, por el contrario, podía verse bien la curvatura de los huesos. Era una rutina que me consumía por lo menos quince minutos. Además, cada día seguía midiéndome el contorno de muslos, brazos, caderas, cintura... así que siempre tenía una cinta métrica a la mano, escondida en un cajón del baño, atrás de todo y bajo otros productos.

Unos golpes fuertes en la puerta trancada me sobresaltaron.

—¿Sigues viva? ¿Por qué demoras tanto?

Era Belén, aburrida de esperar a que saliera.

—¡Voyyy! Es que estoy un poco mal de la panza —grité.

—¿Llamo a Petra? ¿Quieres? —propuso, preocupada.

—No, no, ya salgo. No es nada grave.

—Entonces sal, te espero abajo. ¡Pero yaaa! ¡Que se nos va el día!

—Sí, histérica, ¡ya voy, te dije!

Después de asegurarme por enésima vez de que mi cuerpo estaba en condiciones aceptables según el criterio de las Princesas, y de pesarme y comprobar que había bajado otro kilo (lo que me hizo casi saltar de felicidad), salí dispuesta a todo. Me sentía la chica más poderosa del universo. La más fuerte. La de voluntad de hierro.

Salimos a dar un paseo en bici y volvimos antes del atardecer. Mi madre nos dijo que podíamos ir a la playa a ver la puesta del sol siempre y cuando nos regresáramos antes de que oscureciera del todo. Así que mientras Belén tomaba la leche mojando galletitas dulces, yo hacía la pantomima de mi terrible dolor estomacal producto de un yogur en mal estado (cada vez mentía mejor).

Me puse una playera de manga larga, un vestido suelto encima y una chamarra corta de mezclilla. Me calcé botas acordonadas de gamuza porque, aunque el clima estaba bien primaveral y yo me sentía exultante con mi último logro, nunca dejaba de sentir frío. Usé bastante base para tapar las ojeras cada vez más pronunciadas y me di color en los cachetes con un poco de rubor. Listo, era otra persona.

Nunca me imaginé que, llegando a la playa, iba a distinguir de lejos una figura tan añorada como conocida. Un chico, con traje de neopreno, estaba con su tabla de surf justo delante nuestro y su sombra se recortaba delante del sol que se iba escondiendo. Parecía una postal y yo una estatua, porque había quedado momificada.

—Eee-eees él —logré decir, señalándolo con el dedo.

—¿Quién? ¿De qué me hablas? —preguntó Belu, mientras comía de una bolsa de cacahuates salados, su gran pasión.

—Mmm-Matías.

La voz me salía con un ronquido bajito.

—¿Me estás jorobando? ¿Qué rayos puedes ver si lo único que se ve es una sombra?

—Ay, Belu —la agarré del brazo—. Porfis, porfis, acompáñame a ver si es él.

—Ah, estás delirando. Me preocupas, Miki, te juro, ¿eh?

—Acompáñame, ¡porfaaaa!

—Bueno, sale, pero si no es, no empieces con lloriqueos, que tenemos una playa alucinante, una vista única y…

—¡Sí, sí, todo lo que quieras, pero muévete!

—Ufff.

Nos acercamos como a unos pocos metros de donde estaba el chico, que en ese momento se dio vuelta para hablar con otro y supe que no me había equivocado. Ese perfil, esa nariz, esa sonrisa.

—Es él —dije.

—«Mucho gusto», le tendría que decir, ¿no? Y agregarle: «Gracias por acompañar a mi prima en su cumpleaños y haberte molestado con tantas atenciones».

—No quiero que estés en su contra, Belén. Tú no sabes si le pasó algo o qué. Yo estoy segura de que debe de tener una explicación para lo que hizo.

Belén no dijo nada, levantó las cejas y torció la boca en gesto de desaprobación.

—¿Pero no entiendes? ¡Está acá! —dije—. Es el destino. Es decir, él vive lejos pero tiene su casa de veraneo en esta zona. De repente vengo a Punta del Este, en primavera, bajo a la playa y, con lo grande que es el sitio, él no sólo está en Uruguay, sino que está en Punta, ¡y en la playa donde yo vengo y a la hora en la que bajo! O sea, *hello*, ¡pero esto estaba escrito en las estrellas!

Belén me miró y, con cara de resignación, dijo:

—Estrellada, pero contra el suelo, vas a quedar tú cuando este tipo te ignore otra vez.

La miré, furiosa.

—Hay veces y momentos en los que de verdad, verdad, verdad preferiría que te callaras o que alguien te metiera un pañuelo en la boca para que no puedas hablar.

—¡Qué agresiva! ¡Lo digo por tu bien, oye! ¡Es que alguien te tiene que avivar!

—Ahhh, ¿y ésa eres tú? ¿Que tienes doce años? ¡Por favor!

—Ya sé que tengo doce años, ¡pero lo que estás haciendo es una reverenda estupidez! ¡Tú sigues soñando con no se sabe qué! Te explico clarito: si le interesaras, te hubiera llamado, te hubiera escrito, no sé, hubiera hecho lo imposible por estar en contacto, pero te recuerdo (como ya te dije antes) que «el señor» no hizo nada de eso. Y que te lo encuentres acá tiene un solo nombre: coincidencia. ¿Oíste alguna vez hablar de esa palabra? —preguntó, juntando el pulgar con el índice, formando un círculo y haciéndolo girar.

—Ay, eres tan fastidiosa cuando quieres. O estarás envidiosa…

—¿Envidiosa de qué? ¿De alguien que no te pela?

—Tú porque no lo viste mirarme aquella vez en casa… Si lo hubieras visto, no dirías eso. Sé que le gusto y sé que algo le debe de haber pasado para que no me haya contactado —dije, queriendo creer en mis propias palabras.

—Seee, algo grave le habrá pasado, ¿no? ¡Se ve estresadísimo! Capaz que se le rayó la tablita esa y se deprimió… —se burló mi prima.

—Basta, Belén, no te aguanto. En serio, ya.

—Bueno, está bien, me callo. Pero que conste que te lo advertí.

—Voy a ir a saludarlo.

—Anda, ve a rebajarte un poco.

Me di vuelta y la miré, furiosa, pero no dije nada. En el fondo sabía que Belu tenía razón.

como si NADA

Me sentía segura de mí misma. Estaba muuuucho más flaca que la vez que me vio en casa, aunque aún estaba a años luz de sentirme perfecta, así que era obvio que él iba a quedar fascinado con mi nueva apariencia.

Allí, con su tabla de surf, parecía un dios. Los ojos claros le relampagueaban a medida que yo me acercaba e iba captando que esa chica que veía venir era la que conocía.

Cuando llegué a su lado, sonreí, y él, a la vez con una sonrisa más amplia que la mía, dejando ver esos dientes blancos y parejos, que parecen salidos de un anuncio de pasta dental, me miró de pies a cabeza:

—¿Eres tú? —preguntó con su voz grave y varonil que tan bien recordaba.

Rogué para que no me saliera el tartamudeo y, aunque no se me levantó la ceja, sí me sonrojé muchísimo.

—Sí, ¿cómo estás? Qué casualidad, ¿no? —le dije—. Te vi a lo lejos y te reconocí luego, luego.

—¡Wow! Estás… no sé… estás…

Me seguía mirando.

—¿Cambiada?

—Ahí va, cambiada… Muy flaca.

Sonrió… y yo le respondí con otra sonrisa tímida.

—¿Estás bien? ¿Te pasó algo?

—No, no, los nervios de los exámenes, de las competencias de artística. Y por supuesto —dije, despacio— de mi fiesta de quince.

Esperaba su reacción, pero me quedé con las ganas. Ni siquiera pestañeó.

—Claro, eso debe de poner nerviosas a las chicas, supongo. Yo la verdad no entiendo nada, no tengo hermanas, ¡así que ni idea! —dijo, riendo.

—Seguro. Igual ya ahora estoy más tranquila, y como teníamos unos días libres por las vacaciones de septiembre, nos vinimos para acá, con mi prima Belén —dije, señalándola con el dedo a la distancia.

—Ahhh... ¡Qué bien!

—Sí —contesté nerviosa y riendo—. ¿Tu padre bien?

—Seee, bien de bien. Se quedó en Buenos Aires.

—Ahhh...

Se hizo un silencio incómodo. Ninguno sabía qué decir.

—¿Haces algo esta noche? —preguntó, de repente.

—Ni idea, como estoy con mi prima.

—Todo bien, yo vine con amigos y podemos juntarnos, si tienes ganas, claro —dijo, pateando arena con su pie derecho.

—Sale, por mí, sí —contesté, sonriendo.

—¿Te paso mi cel y me mandas un mensaje?

—Listo.

Escuchamos aplausos. Vi que miraba más allá de mí y giré. El sol se acababa de ocultar.

—Mira, tanto hablar y nos perdimos la puesta de sol… Mañana sin falta estamos acá, ¿no? —preguntó.

—Obvio, me encanta ver el sol caer… —empecé a decir. Iba a continuar, contándole de una peli que me hacía recordar el atardecer, cuando me cortó de tajo.

—Bueno, los chicos me llaman. Después hablamos.

—Okey.

—Espero tu mensaje para coordinar lo de esta noche.

Asentí con la cabeza.

—Cuídate —me dijo, pestañeando un par de veces.

Casi muero de amor. *Cuídate*. ¡Ayyy…! ¡Qué más quisiera que me cuidara él!

—Gggr-aaacias —tartamudée. ¡Pfff! ¡Tartamudeo de porqueríaaaa!

Pero igual él ni me escuchó. Ya estaba de regreso con los amigos. Belén me esperaba con una mirada asesina en el rostro.

—¿No me preguntas cómo me fue? —le rezongué.

—¿Cómo te fue? —preguntó, sin interés, centrando su mirada en la envoltura vacía de cacahuates.

—Bien.

—¿Te reconoció? ¿Sabía que existías?

—Ay, Belén, ¡no seas taaaan mala onda!

—Soy así. No me gusta que te hagas películas que no son porque después sufres. Mi madre siempre me enseñó eso. Acuérdate que a ella le pasó algo parecido.

—No sé la historia de tu madre.

—Bueno, algún día te la contará, pero lo único que te digo es que no da para andar detrás de alguien que no te pela. O te quiere o no te quiere, así de sencillo.

—Él no sé si me quiere, recién nos conocemos…

—Sí, pero a ti te conozco. En tu mente ya te armaste una telenovela de esas que siempre terminan con un casamiento. Eres romántica, así que alguien tiene que bajarte a tierra. Ahora anda, vamos que tu madre nos va a matar si llegamos tarde.

Cuando llegamos a casa, mamá estaba sentada en el jardín, iluminada por dos lámparas de exterior que además ahuyentan mosquitos. Leía un libro sobre marketing. No sé cómo los aguanta. Sé que le encanta leer novelas, pero dice que no tiene tiempo porque debe actualizarse por el negocio. Apenas nos vio, marcó la hoja, cerró el libro y nos sonrió.

Lo primero que le conté es que nos habíamos encontrado a Matías, el hijo de Juan María.

—¡Ay, no me digas! ¿Están acá?

—Bueno, el padre no vino, pero él está con unos amigos.

—¡Qué casualidad!

—Sí, ¿verdad? Y hablamos de hacer algo esta noche…

—¿Esta noche? No sé, Miki, dijiste que no te sentías bien de la panza —dijo, dubitativa.

—A mí ni me cuenten, que yo no estoy para nada ansiosa por salir, ¿eh? Por mí me quedo acá, tranquila, comiendo pizza —acotó mi prima.

—¿Tú siempre piensas en comer? —le pregunté, en un tono tan fastidiado que mi madre dio un respingo en la silla—. ¡Ay!, perdón, Belu, es que estoy un poco…

—Alterada. Estás alterada —finalizó la frase Belén.

—¿Tanto te gusta ese chico? —preguntó mamá.

—¡Ay! No, ma', ¡no es que me guste! ¿Quién te dijo?

—No sé, pero pensé que había algo ahí…. —respondió mi madre haciendo chocar el dedo anular con el índice.

—¡Pensaste, nada más! —contesté, ofendida.

—Bueno, está bien, ¡tampoco es para que te pongas así, a la defensiva!

—¿O sea que esta noche le tengo que decir que no? —pregunté, ahora supermalhumorada.

—Sí, Miki —confirmó mamá—. Mejor hoy no. Mañana vemos cómo sigues.

—Qué bárbaro, ¡no sé para qué cumplí quince si no me dejan hacer nada! —protesté.

—Bien dijiste, cumpliste quince, no dieciocho. Y, aunque tuvieras dieciocho, mientras vivas con nosotros estás bajo nuestras reglas. Además, ¡qué raro tú contestando así!

Era cierto. Jamás retrucaba, ni siquiera levantaba la voz… ¿qué me estaba pasando? Claro que me moría por salir con Matías, pero le falté el respeto a mi prima y le contesté mal a mamá… Y, aunque sé que en la adolescencia hay cambios de carácter y todo eso que nos dicen en el colegio, no soy yo contestando groserías a la gente, sobre todo lo que le dije a Belén. Pero sentía un estado mezcla de enojo, impotencia, debilidad, cansancio, frustración… difícil de explicar.

—¡Ay!, perdonen, las dos, yo creo que entre el dolor de panza que tengo y todo, estoy muy pesada.

—Está bien, está bien —dijo mi madre, conciliadora—. Petra te hizo comida especial, Miki, no te preocupes.

—Gracias, ma. ¿No se enojan si me acuesto ahora? Me llevo la charola a la cama y así descanso un poco…

—Por supuesto, ve tranquila. ¿Necesitas algo más?

—No, no, gracias.

—Acuérdate de mandarle el mensaje a «tu chico»… —me dijo Belén, que me pareció que todavía seguía algo enojada conmigo.

—Pfff, «mi chico», ¡tú sí que dices cualquier cosa!

Pero cuando entré a la casa, corrí al dormitorio a mandarle el mensaje a Matías:

De: Mica
Para: Matías
No puedo esta noche. Si qres mañana nos encontramos en playa misma hora q hoy.

Esperé ansiosa su respuesta, que no demoró casi nada en llegar y me hizo sonreír de la emoción:

De: Matías
Para: Mica
Lástima. Ok, mañana mismo lugar, misma hora. Beso.

¡Los que decían que no se puede vivir del amor estaban equivocados! El corazón me estallaba.

[Puesta de Sol]

El día siguiente se me hizo ¡larguísimo! No paraba de contar las horas que faltaban hasta poder ir a la playa.

—¿Cómo estás de la panza, Miki?

—¡Genial, ma'! Me hizo rebién la comida de Petra.

—Me alegro, me alegro. Hablé con papá y nos parece bien que salgas con Matías, siempre y cuando sea temprano, te venga a buscar y te traiga.

¡Wow! ¡No lo podía creer! De todas formas, tenía que disimular:

—Okey, pero no sé si lo voy a ver. La invitación era para ayer en la noche.

—Bueno, veremos qué pasa. ¿Quedaron en encontrarse hoy?

—Ajá. En la playa.

Mamá me pellizcó una mejilla

—¡Estás creciendo, Miki!

Le sonreí.

Las horas iban pasando. Esperaba ansiosa que Matías me mandara algún mensajito, así que cada vez que iba al baño, me llevaba el celular. Pero nada. «Bueno, debe de estar encargándose de todos los amigos. No es fácil ser anfitrión», pensé.

En la mañana nos quedamos en el jardín de casa, por la tarde Belén quiso salir a andar en bici otra vez. De nuevo, mi mente pensaba en las casualidades y en que también las casualidades, a veces, necesitaban ayuda… así que ¿por qué no pasar por delante de su casa? Disimuladamente, y sabiendo que Belu conocía poco de Punta, la fui llevando hacia la zona donde sabía que estaba la casa Matías.

Pero no tuve suerte. No lo vi, y la casa que creía que era estaba cerrada, con las persianas bajas. Capaz que estaban durmiendo. Los chicos de la edad de mi hermano, como pude comprobar por él, cuando se juntan son de acostarse a las mil quinientas y tienen horarios bieeeen diferentes. Me consolé creyendo que ésa era la explicación de que todo estuviera tan quieto a esa hora.

Estuve parte de la tarde pensando en qué ponerme para ir a la playa a encontrarme con él. Elegí una playera de manga tres cuartos, una bermuda caqui y un chaleco de mezclilla, que me había comprado hacía bien poquito. La bermuda era del año pasado y comprobé, con asombro primero y felicidad después, que se me caía. Tuve que revolver entre la ropa que había traído hasta encontrar una falda también caqui y llena de bolsillos, pero que se ajustaba a la cintura con un lazo.

—¡Opaaaa! Cómo estamos, ¿eh? —me dijo Belén mientras me miraba maquillarme—. Te queda precioso ese conjunto, a pesar de que estás tan flaca.

—Gracias. Estoy nerviosa —le dije, mientras me daba unos toquecitos de rubor.

—Me imagino —contestó, recargándose en la pared y cruzando los brazos.

Di vuelta y la miré, antes de preguntarle:

—¿No estás enojada?

—¿Por qué iba a estar enojada?

—Porque me voy a encontrar con Matías y tú no lo soportas.

—A ver, a ver. Vamos a aclarar una cosa. Yo no lo conozco. A la que conozco y la que me preocupa eres tú. Y como no me gustó su actitud, con todo eso de tu cumple y su desaparición, lo que me da miedo es que te entusiasmes y después salgas herida. Ya te lo dije. Es eso, no es que no lo soporte ni que esté celosa ni nada.

—Yo sé que tienes razón, Belu, pero es que no lo puedo evitar. Lo que siento son ganas de salir corriendo y abrazarlo, no sé, es una sensación rara —dije, con un gesto de impotencia, las palmas de las manos hacia arriba.

—Para mí, que no entiendo mucho de estas cosas, igual no es que estés lo que se dice enamorada, sino encandilada.

—Ay, *Libro gordo de Petete*, ¿y eso qué significa exactamente?

—Bueno, es como que estás obsesionada con él, pero no es verdadero amor porque ni sabes cómo es su manera de ser, ¿entiendes? Lo que te encanta es su sonrisa, los ojos celestes, que haga surf…

Me reí. Sí, todo eso me encantaba, claro.

—Te olvidaste de algo: la manera en que me mira —acoté, con un pestañeo romántico.

—Ah, sí, ya. «La manera en que me mira.» Ya —dijo, imitándome y dando vuelta los ojos, en señal de resignación.

Su imitación me hizo desternillar de risa. ¡Belén es lo máximo!

Llegó la hora de salir de casa. Los nervios me carcomían. A medida que nos acercábamos a la playa, el corazón parecía salírseme del pecho. ¿Y si no estaba? ¿Si me fallaba como en mi cumple? Me dieron ganas de mandarle un sms para asegurarme de que no se le había olvidado, pero sería caer muy bajo, como me había dicho mi prima. Así que crucé los dedos y avancé.

No esperé casi nada para verlo. Estaba ahí, con sus amigos y con su tabla, saliendo del agua. El pelo mojado, el torso desnudo… Ay… ¡era ver un espejismo! ¡La perfección hecha varón!

Me vio y me saludó con la mano, de lejos. Le respondí igual, con una sonrisa boba.

Se acercó y yo, que me había sentado en la arena, me levanté como con un resorte.

—Hola.

—Hola —me dio un beso—. Disculpa que esté así, mojado.

—No, todo bien.

Miró hacia Belén.

—Ah, te presento a Belén, mi prima. Belu, él es Matías.

—Hola —dijo Belén, sin levantarse.

—¿Cómo te va?

—Bien.

—Tengo a mis amigos allá, si quieren nos juntamos —sugirió Matías.

—¡Por mí, de más! —dije yo. Y miré a Belu.

—Bueno, vamos —dijo, desganada.

Belén se levantó y fuimos adonde estaban sus amigos, cinco en total. Nos sentamos todos mirando al sol, para ver el atardecer. El cielo se iba tiñendo de anaranjado, y Matías y yo habíamos quedado uno al lado del otro.

Belén se había puesto a charlar con uno de los chicos, pero yo apenas los escuchaba, y menos aún cuando sentí la mano de Matías tomar la mía. No me animé ni siquiera a mirarlo. Así, de la mano, vimos el atardecer.

Fue el momento más romántico de mi vida. Sólo nos soltamos cuando el sol se escondió y comenzamos a aplaudir.

Era hora de irnos. Le habíamos prometido a mamá llegar temprano y ya se nos estaba acabando el tiempo.

Belén seguía charlando con su nuevo amigo y yo quedé cara a cara con Matías.

—¿Qué van a hacer hoy? —preguntó. Sus ojos parecían fundirse en los míos y los míos en los de él.

—Lo mismo que ayer, o sea, nada —le dije, sonriendo.

—¿No te dejaron salir ayer?

Auch, ¡qué vergüenza tener que decirle la verdad!

—Emmm, no, no es eso, es que como papá no está y yo no me sentía muy bien, en realidad tenía una gripe, mamá prefirió que me quedara en casa.

—¡Qué mal! ¿Y estás mejor?

—Sí, gracias, hoy estoy bien de bien.

—Ahhh… porque te iba a invitar a tomar un helado.

¡Chin! ¿Cuántas calorías tiene un helado? Si lo pedía de fruta tendría menos y el barquillo lo podía tirar, pero igual era una atrocidad. ¡Un helado! ¡Mi Dios!

—Me encantaría.

—¿Te dejarían salir?

—Estoy segura de que si le digo a mamá que salgo contigo no me va a decir que no. Lo que ella no quiere es que me vaya y me regrese sola.

—¿Estás loca? Nunca te dejaría sola. Te paso a buscar y te dejo en tu casa. Si quieres hablo con tu madre para que se quede tranquila…

«¡Auxilio! ¡Me estoy derritiendo de amor!», pensé.

—No hace falta, está bien. Seguro me deja —atiné a responder.

—¿Te parece que te pase a buscar en una hora? Porque entre que llegamos a casa y me doy una ducha…

—Claro, perfecto.

—Va, quedamos así —y me colocó un mechón de pelo detrás de la oreja. La brisa todavía era suave a pesar de que ya estaba entrando la noche. Ese gesto me hizo tiritar.

Cuando llegamos a casa, le comenté a mamá que Matías me había invitado a tomar un helado, temprano. Que me venía a buscar y me traía de regreso. Mamá frunció el ceño, pero estuvo de acuerdo. Conocía al padre y confiaba en mí.

Belén me habló del chico que había conocido, me dijo que era «bien de bien» (según sus propias palabras) y que habían quedado en pasarse información sobre un website de música country.

—¡No te puedo creer que alguien de nuestra edad escucha música country! —le contesté, atónita.

—Ay, nena, eres ignorante, ¿eh? ¿Acaso no te gusta Taylor Swift?

— Pero ¿qué tiene que ver con…?

—Bueno, ella tocaba música country alucinante antes de arrancar con el pop. En la peli de Hannah Montana tocó un tema y era en una fiesta así, al estilo country…

—¿En serio? —pregunté—. ¡Es cierto, ahora me acuerdo de esa parte de la peli, sí!

Hice una pausa y sonreí.

—Tú no me dejas de sorprender. ¡Y en parte me revienta que sepas todo! —le dije, riendo. Estaba de muy buen humor.

—Internet te abre el mundo, Miki, yo estoy en medio de un pueblo, pero a la vez estoy en Hollywood, en Japón, en China, ¡en donde quiera estar!

—Seguro vas a ser maestra o algo por el estilo, ¡y vas a atomizar a los pobres alumnos!

—Y no sé... Por ahora lo que me gusta es investigar, descubrir. Igual todavía soy chica, así que tengo tiempo para pensar. Bueno, y cambiando de tema, ¿sales con Matías en un rato?

—¡Ayyy, sí! Todavía no lo puedo creer, ¡estoy temblando! ¡Mira, tócame la mano! —le dije, estirando mi brazo izquierdo hasta ella.

Nos abrazamos y reímos juntas. Aunque sabía que Belu no estaba muy contenta con la relación, también sabía que me apoyaría si decidía estar con él. Eso era una amiga.

—Estás relinda, primis. Ese capri te queda precioso. Bah, estás toda linda con esa onda romántica —dijo.

Me había puesto un capri con unos holanes en los dobladillos y me lo había ajustado con un cinturón ancho porque me quedaba muy holgado. Arriba, una playera que me cubría la espalda (¡elemental!) y una torerita de mezclilla de mi madre. También llevaba un sacón grueso y largo porque el frío nunca me abandonaba, pero me lo pensaba quitar para que Matías me viera ¡divina!

—Gracias, gracias. Me das mucha seguridad, Belu…

—¡Ay, no seas boba! Eres preciosa, no tienes que tener seguridad porque yo te lo diga, tienes que sentirlo.

—¡Ufff! Hablas como esos que escriben libros de *ámate a ti mismo*, que alguna vez le vi a la abuela.

Belén se empezó a reír y terminamos las dos, como tantas veces, dobladas de risa. Media hora más tarde, escuchamos un auto que estacionaba en la entrada de casa, que como tiene piedritas hace un ruido peculiar. Matías bajó de una cuatro por cuatro negra, vestido con bermudas de surf y una playera holgada. ¡Estaba divino!

Tocó el timbre y mamá le abrió.

Escuché que se saludaron, charlaron un rato y entonces decidí aparecer.

—¿Lista? —preguntó.

—Sí, claro. Mami, volvemos en un rato.

—Okey, que se diviertan. Matías, maneja con cuidado, por favor —le pidió mamá.

—¡Ay, mamá! —le rezongué mientras él reía.

—Tranquila, está perfecto. Es tu madre. La mía me dice siempre lo mismo.

—¿Ves? —me dijo mamá.

Le di un beso y partimos. Belén me saludaba desde el piso de arriba y me hacía la señal de okey para darme ánimo.

Beso de Limón

En el camino a la heladería casi no hablamos.

De vez en cuando, mientras manejaba, él me miraba de costado y me sonreía. Yo creo que tenía los cachetes al rojo vivo porque los sentía arder. ¡Qué papelón! Ojalá no se haya dado cuenta.

Intenté comenzar un diálogo varias veces, pero no me salía nada. Tenía miedo de empezar con el tartamudeo, así que me frenaba. Por suerte Matías rompió el hielo preguntándome por Franco.

Fue fácil hablar entonces porque era un tema que me preocupaba. Desde que mi hermano se fue, lo noté mal. Como si no se hubiera podido adaptar al lugar, a la gente, todo eso. Hay una palabra en inglés que es genial, que describe esa sensación, y es *homesick*, como enfermo de casa, viene a ser… y pienso que a Franco le sucede exactamente eso. Más allá de que lo que él más quería era irse, creo que está extrañando horrible algo de acá, tal vez a nosotros, su familia. Bueno, seguro a nosotros, me lo dice siempre, pero no sé… Siento que hay algo más. Y un poco de esto le comenté a Matías, que me dio una respuesta demasiado simple para mi gusto, que soy de analizar todito:

—Es cuestión de tiempo.

¿Nada más? O sea, ¡apórtame algo que no sepa! Pero bueno, en ese instante la verdad es que no hice todo este razonamiento, estaba muy centrada en no tartamudear y en mostrarme bien linda. ¡Es un esfuerzo grande tratar de hacerse la linda! Que si te sientas así o asá, te ríes muy alto o muy bajo, si hablas mucho o poco, ¡ufff!

Llegamos a la heladería, que estaba desierta. Por mi parte ya había trazado mi plan con el helado, así que en ese sentido estaba tranquila. Pedí uno de limón, que es con agua y tiene menos calorías, y, para mi sorpresa, él pidió del mismo sabor. ¿Éramos almas gemelas? ¡Qué tonta! Por tener el mismo gusto en helado ¡ya me sale el romanticismo poético de dentro! Si Belén hubiera estado en mi cerebro en ese instante, seguro estaría muerta de risa.

Hice como que comía un poco y le comenté que estaba buenísimo.

—Sí, éste me encanta, tiene pedacitos de limón —me dijo, guiñándome un ojo, un gesto que automáticamente hizo que recordara a mi mamá.

—¿Vienes seguido? —pregunté, sólo por decir algo. Estaba incómoda, nerviosa, me sentía rara ahí, estando los dos solos.

—Algo. Cuando vengo a Punta, nunca dejo de pasar por acá —dijo, con una sonrisa—. Me encantan los helados. ¿A ti?

—Sí, también. Pero no vengo muy seguido.

—¡Seguro por las dietas y esos asuntos que tienen las chicas con el tema de engordar!

Casi me atraganto. Él se preocupó.

—¿Te sientes bien?

—Sí, perdón. Es que todavía se ve que no mejoré del virus, pero todo bien.

—¿En serio? Si no volvemos. Te llevo ahora...

—No, de verdad. Quizás estaría bueno salir a tomar un poco de aire, a caminar. El puerto debe de estar divino...

—Okey —contestó, mientras se levantaba a tirar la servilleta y masticaba su último bocado de barquillo.

Se dio vuelta y me preguntó, mirando mi helado casi intacto:

—¿Siempre demoras tanto en comer?

—Un poco —me reí, para disimular—. Si es helado, me gusta disfrutarlo y me demoro más que los demás, siempre. Mi padre dice que parezco una tortuga y me rezonga cuando todos terminaron y yo tengo que subir al auto con el helado. Siempre dice que le voy a manchar el tapizado.

Sabía que estaba hablando de cualquier cosa, para distraerlo. Hablaba rápido, sin parar, algo que no era habitual en mí que soy más medida y tímida. Y le temo al tartamudeo.

—¡Uy, en eso no había pensado! ¡Tiene razón tu papá! ¡Ja, ja! Pero en el mío no pasa nada porque los asientos son de cuero, se limpian fácil.

—El de mi padre también, pero igual le molesta —contesté riendo.

—Bueno, a mí no, así que si quieres vamos a pasear por el puerto, como dijiste… —propuso.

Yo asentí y él buscó las llaves de la camioneta en su bolsillo trasero, me levanté y él tomó unas servilletas:

—Por si las necesitas —dijo, extendiéndomelas.

¡Me derritió su gesto! Aunque no sé si fue por cuidar la limpieza del auto o por tener un detalle conmigo.

El puerto efectivamente estaba alucinante. Los yates y veleros brillaban en la oscuridad de la noche, y el muelle, iluminado tenuemente, invitaba a caminar despacio. A mitad del muelle su mano tomó la mía y así caminamos hasta la punta. Varias veces me asomé a los bordes y, mostrándole algo del horizonte para distraerlo, volcaba algo del helado. De esa forma, logré llegar al barquillo, que tiré en un recipiente para residuos, argumentando que me caía pesado.

Estábamos ya de regreso por el muelle cuando sucedió el momento mágico. Me hizo girar y me dijo:

—Eres hermosa. Me gustaste desde el día en que te vi.

—¿De verdad?

¡Ay, qué horrible! ¡La voz me salió ronca!

—De verdad —me acarició la mejilla.

—Te esperé en mi cumple.

—¡Uy, tu cumple! Sí, claro, papá me comentó algo, pero yo en Buenos Aires estoy en la locura. La verdad, se me pasó.

—Está bien.

—¿Me perdonas? —preguntó, haciendo pucherito. ¡Casi me muero de amor!

Sonreí. Estaba muy nerviosa y sentía un hormigueo en las piernas que me paralizaba.

—Éste es mi regalo de cumpleaños —dijo, cuando me tomó del mentón y me dio un pico.

No pude ni reaccionar. Quedé dura y tiesa. Sólo se me movía el pelo con la brisa suave.

—Pero tú vales más, así que el regalo tiene que ser más grande, ¿no?

Nos miramos, fijamente, y él inclinó la cabeza para besarme. Fue un beso supertierno con sabor a limón. Recuerdo las luces titilantes alrededor, el olor a mar, el soplido leve del viento revolviéndonos el cabello y sus brazos rodeándome.

¿Era un sueño? Me costaba creer que estuviera viviendo de verdad todo lo que estaba pasando. Era demasiado bueno para ser cierto y yo no valía tanto como para merecerlo, ¿o sí?

Sin embargo, nada de esa imagen romántica podía predecir la espantosa sorpresa que iba a recibir en menos de veinticuatro horas.

Antesala de CATÁSTROFE

Papá llegó al día siguiente, cargado con su laptop y ropa deportiva. Le encanta salir a correr por la avenida de Pun-ta del Este. Yo todavía estaba en una burbuja, y aunque mamá y Belén me acribillaron a preguntas cuando Matías me dejó en casa, no les conté nada. Les dije que la pasamos súper y que habíamos tomado helado de limón. ¡Cero dato más!

Pero Belén es más insistente que cualquier otro miembro de mi familia, así que esa noche no paró hasta sacarme la verdad:

—¿Te diste un beso con él?

—Ay, ya, Belén. Tengo sueño.

Me di vuelta en la cama dándole la espalda.

—¿Te diste o no te diste? —insistió.

—Tú eres chica para hablar de besos. Te recuerdo que, aunque seas muy sabionda, tienes sólo doce años.

—¿Y qué? ¡Veo las telenovelas! ¿Crees que no sé?

—No es lo mismo…

—¡Así que te diste!

—Bueno, sí, me di, ¿okey?

Belén saltó de la cama y se metió en la mía, con un grito de emoción.

—¡Noooo, noooo, okey, noooo! ¡Detalles, Miki! ¡No seas malita!

Me reí. Ella empezó a hacerme cosquillas, rogando:

—¡Porfi, porfi, cuéntame!

—Eres insoportable, ¿eh?

—¡Es que no sé qué se siente! ¡Cuéntame qué se siente, cómo es, qué hay que hacer!

—No hay que hacer nada, eso se da solo. Y me da vergüenza andar hablando de estas cosas...

—Pero soy tu prima.

—Ya sé, pero...

—¿Y a qué sabe?

—¿Tú eres boba? Si comimos helado de limón, tenía sabor a limón.

—Pero entonces si comes asado, ¿sabe a asado? Y ponle pescado, que yo lo odio, mi novio, si tuviera, porque no tengo... ¿me daría besos con sabor a pescado? ¡Puajjjj! ¡Me muero del ascoooo!

—¡No, nena, que se vaya a cepillar los dientes!

Nos desternillamos de la risa, imaginándonos la situación. La verdad es que yo estaba más que feliz. Me sentía en una nube... pero pronto iba a caer al vacío.

Cuando nos despedimos esa noche, Matías me dijo: «Hablamos».

Y yo lo tomé literalmente, como que íbamos a hablar para ver qué hacíamos al día siguiente. Así que esperé a que me enviara algún mensaje o me llamara por cel, pero nada de nada. Me pareció raro.

A la tarde siguiente, como las otras dos anteriores, nos fuimos con Belén a ver la puesta de sol. Mi única intención era ver a Matías, por supuesto.

Me arreglé más de lo habitual, me pasé la planchita y elegí vestirme con un capri de mezclilla y una sudadera. El camino a la playa se me hizo un suplicio de largo. El corazón, otra vez, bombeaba como loco, pero de repente sentí que se detenía a la vez que yo misma también me frenaba.

Ya podía ver la playa, el horizonte, la amplia franja de arena y... y... Matías no estaba. Ni los amigos. La playa estaba vacía, a excepción de dos familias con niños pequeños que correteaban y gritaban.

Belén me miró, pero no abrió la boca. Saqué mi celular y escribí un mensaje de texto.

De: Mica
Para: Matías
Estamos en la playa x atardecer. Dde están uds?

Pasaron minutos que los sentí como si fueran siglos, cuando escuché el sonido de un mensaje de texto que entraba. Desesperada, lo abrí para leer una noticia que en mi vida hubiera imaginado:

De: Matías
Para: Mica
Estamos Bs As. Hablamos. Bss!

¿Cómo que estaban en Buenos Aires? Belén me agarró el celular y leyó el mensaje. Me miró, me abrazó y me hizo sentar en la arena.

No paraba de llorar. Otra vez había creído en él y otra vez me había desilusionado. Está bien que nunca me prometió nada, pero… pero… por lo menos podría haberme escrito para despedirse, haberme dicho que el beso significó algo importante para él, o que esperaba verme pronto, o que viajaría seguido para verme, que yo valía la pena… ¡Tantas cosas esperaba!

El sol se ocultó, la gente aplaudía y yo lloraba sin cesar, ahogada. En mi interior, agradecí que Belén no me hubiera dicho «te lo dije». Eso me hubiera hecho caer del todo. La necesitaba mucho. Muchísimo.

Se me vino a la mente un poema de Bécquer, que recité en mi cabeza, entre lágrimas y el sonido del oleaje:

> Dices que tienes corazón, y sólo
> lo dices porque sientes sus latidos.
> Eso no es corazón…; es una máquina,
> que, al compás que se mueve, hace ruido.

Capaz que Bécquer tenía razón en eso de que hay gente que en vez de corazón tiene una maquinita… O tal vez necesitaba estar más flaca, ¿no? Tenía que proponerme bajar de peso más rápido. Por algo Matías no me quería, no me valoraba. Si yo fuera una verdadera princesa, él estaría a mis pies y no al revés. Era evidente que todos mis esfuerzos, hasta ese momento, no eran suficientes. Tenía que mejorar aún más.

Creo que fue ese estado de debilidad mental y sentimental lo que hizo que esa noche yo no hubiera actuado con la cautela de siempre. No cuidé todos los detalles al deshacerme de la cena. Cometí un grave error que desencadenaría toda la locura.

Papá había preparado una parrillada. Era fácil zafarse cuando era parrillada porque te sirves directamente de las tablas.

Lo que hacía, por lo general, era servirme algunos trozos de carne, bien pequeños, chuparlos e irlos almacenando en un costado de la boca. Ya tenía práctica. Cuando veía que no podía hablar y que se notaba una protuberancia en una mejilla, me levantaba e iba al baño. Allí los tiraba en el inodoro. Y por supuesto, jalaba la manija para borrar todo indicio. Sin embargo, el estado de ánimo depresivo de esa noche jugó una mala pasada a mis cuidadosos detalles.

Cuando acababa de tirar a la taza del baño de abajo los trozos masticados, papá me llamó y salí corriendo, apurada, sin darme cuenta.

Belén entró detrás de mí, hizo el descubrimiento y ahí mismo se desató la guerra de mi vida.

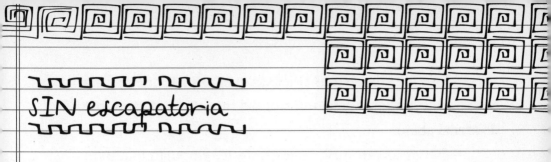

Mis padres charlaban y Petra les servía algo de beber cuando vi que Belén, desde la puerta, me hacía una seña para que entrara en la casa. Me levanté y cuando estaba casi llegando a ella, se adelantó, me tomó del brazo, furiosa, y me llevó al baño.

El inodoro estaba con la tapa levantada y los restos de comida flotaban entre el agua y la grasitud que despedían. Mi prima me miró a los ojos, con una mezcla de bronca y lástima, y me pidió que hablara.

—¿Qué es esto?

Estaba en shock. Me había descubierto, pero me podía zafar, tenía que pensar rápido, tenía que…

—Ccc-cccom-mmmi…

—Sí, sí, comida, sí. Pero qué hace ahí, ésa es mi pregunta. Y no me vengas con taradeces.

—Lo qqq-que pa-aasa es que sabía feo…

—Claro, y no querías herir la sensibilidad de tu padre, diciéndole que cocina mal, y bla, bla, bla…

Se hizo una pausa incómoda, en la que nos miramos como fieras.

—¿Tú me crees boba? ¿Piensas que no sé de qué se trata esto? —dijo, apuntando al interior del inodoro y mirándome de arriba abajo.

—No es asunto tuyo —le contesté, empujándola para que me dejara salir.

Pero ella extendió los brazos a ambos lados del marco de la puerta e hizo una barrera que me impedía escapar. Sus ojos destilaban enojo. Era raro ver a Belu, siempre dulce conmigo, siempre conciliadora, en esa actitud que me hacía recordar a la expresión ceñuda de un perro bulldog. Le devolví la mirada cargada de odio. Ella no tenía por qué meterse, mi vida era mi vida, punto. ¿Quién se creía que era? ¿Con qué derecho me estaba cuestionando? Encima que era una niñita de doce años, ¿se venía a hacer la sabionda y la «mamá» conmigo? ¿Qué onda? No iba a permitírselo.

—Sí es asunto mío. ¿Y sabes por qué? Porque eres mi prima, porque te adoro y porque no quiero que te mueras antes de tiempo.

Su respuesta me hizo bajarle un par de rayitas. La furia ya no era tanta y la quise tranquilizar, y frenar, diciéndole:

—Ay, no es para tanto, es que a veces me siento medio llena y por eso...

—Párale, Micaela. No me inventes excusas a mí. Yo leí bastante sobre desórdenes alimenticios. Dime, ¿también vomitas?

Carajo. ¿Esta niña iba a seguir con esto? Negué con la cabeza.

—Eres anoréxica. Es un primer paso saber dónde estás parada. El segundo paso es hablar con tus padres. Ahora.

Ahí la desesperación de que se supiera la verdad me descontroló en medio segundo porque mi esperanza era arreglar el asunto entre nosotras, pero en ese instante comprendí que mi prima iba a ir hasta las últimas consecuencias. Y yo no podía frenarla. La impotencia y rabia que me dio su actitud de ir al frente, mezclada con el miedo por todo lo que se me venía, hizo que estallara en gritos y me alterara por completo.

—¿Qué dices? ¿Qué dices, niña? ¡Métete en tus propios asuntos! Esto es algo que decido yo, nadie tiene que venir a decirme qué hacer con mi cuerpo, yo soy feliz, yo me siento feliz así —decía, mientras me golpeaba el pecho—. ¡Déjame en paz, déjenme tranquila, todos!

Mis padres entraron de golpe, al escuchar los alaridos. Giré y me vi en el espejo del baño, demacrada, llorosa. Por un instante, me costó reconocerme como Micaela. También vi a mis papás por el reflejo, mirándome con preocupación. Sólo quería que me dejaran sola.

Mamá creo que algo captó de la situación o al menos se dio cuenta de que no era sólo una peleíta entre primas, pero mi padre lo único que hacía era preguntar:

—Chicas, ¿por qué discuten? No puede haber nada tan grave como para que ustedes estén así, a los gritos. ¿Qué pasa?

Miré a Belén entre lágrimas y su expresión de perro bulldog había cambiado. Ahora veía a mi prima, ese ser hermoso que tanto me adoraba y que sufría. Era extraño verla llorar. Fue un momento en el que podríamos haber dado marcha atrás si ella hubiera querido. Belén lo sabía. Podríamos haber dicho que estábamos discutiendo por cualquier tontería y todo hubiera terminado ahí. La volví a mirar, suplicante. Pero ella me respondió volteando la vista al suelo. No pensaba aflojar. No iba a ayudarme. No me quería lo suficiente. Me estaba traicionando.

—Belén, dime qué pasa —le ordenó mi madre.

Volví a mirar a mi prima, que sin levantar la vista del suelo, contestó:

—Mica, o se los dices tú o se los digo yo.

Me agaché y me hice una bolita en el piso, abrazándome las piernas flexionadas y escondiendo la cabeza. ¡Me sentía tan perdida!

—¿Decirnos qué? —preguntó mi padre, que cada vez entendía menos—. ¿Qué pasa, Micaela?

Involuntariamente empecé a temblar y el llanto me sacudió el cuerpo.

—Laura, ¡haz algo! ¿Qué está pasando? ¿Qué pasa con estas chicas? —le decía mi papá a mi madre, como quien pregunta si una le robó la muñeca a la otra.

¡Cosas de niñas! Estoy segura de que estaba deseando salir del baño para ir a revisar su correo y dejarse de boberías de nenas.

Levanté la vista justo para ver cómo mi madre miraba a Belén, que a la vez estaba observando de reojo el inodoro y llevó a mamá por el mismo camino visual hasta entender por dónde venía el tema. El rostro de mi madre palideció y habló con voz alta, firme y pausada.

—Belu, ¿puedes quedarte un rato afuera con Petra? Micaela y nosotros tenemos que hablar a solas.

—Claro, tía —murmuró Belén, que seguramente agradecida por salir de ese baño infestado de aire tenso, se dio vuelta y se fue.

Sentí sus pasos hasta que alcanzaron la puerta de salida al jardín, que cerró con cuidado, como evitando provocar un sonido que alterara aún más el ambiente.

Mamá cerró la puerta del baño y se sentó en el bidé, frente a mí. Papá seguía de pie. Veía sus zapatos porque yo continuaba en el piso y sólo había levantado un poco más la vista, con la nariz tocándome las rodillas. Mi primer impulso fue salir corriendo y no volver. Correr y correr hasta caer agotada en algún lugar y… no sé, dejarme morir, dejarme ir. Pero estaba mentalmente como clavada al suelo, cansada, rendida, agotada… tan agotada. Mi cerebro ya no funcionaba de la forma en que lo hacía antes. Mis reflejos se habían evaporado y lo cierto es que no tenía fuerzas para luchar.

Sólo para dejarme llevar, únicamente para eso. Y si tenía que morir…. Bueno supongo que moriría.

Ahora que lo pienso, siento mucha pena de en quién me había transformado, pero en ese momento no era consciente de nada y no podía pensar con coherencia o claridad. La vida y la muerte se me hacían dos cosas que danzaban juntas, todo el tiempo que yo provocaba llevando al límite las facultades de mi cuerpo. Y, sin embargo, en medio de ese caos, estoy segura de que quería vivir.

Mamá se agachó hacia mí e hizo que levantara la cara y la observara. La veía entre brumas, debido al llanto, y me impresionó ver que ella también lloraba. Creo que nunca, al igual que a Belu, la había visto llorar en toda mi vida.

—Esto es lo que creo que es, ¿verdad?

Escondí otra vez la cabeza entre mis piernas y mi llanto se hizo más intenso. Sentí el abrazo de mamá a la vez que me volvía a repetir la pregunta. Ya no podía continuar. Ya no. No había forma de zafarse, pero además ¡estaba tan, tan, tan cansada!

Finalmente, asentí, sin parar de llorar e hipando.

—¿Qué es qué, Laura? —preguntó mi padre, que movía un pie insistentemente, señal de que estaba cansándose de la situación. De repente vi que el rostro de mi padre se transfiguraba mal. «Se dio cuenta», pensé.

—Micaela, ¿estás embarazada? ¡¡No!!

Mi madre lo miró como para comérselo crudo. Se ve que mi padre entendió la mirada de mamá y, levantando las manos en tono de disculpa, agregó:

—Está bien, está bien, mientras no sea eso, está bien. Escuchen, si es cosa de mujeres, me voy y hablan tranquilas, ¿eh?

Mi madre lo regañó con la mirada, y se notaba la furia cuando dijo:

—Esto no es cosa «de chicas», Gonzalo. Esto es una cuestión familiar, algo que vamos a tener que resolver entre todos, tú incluido.

—Miki, papá y yo te vamos a ayudar. Eres nuestra chiquita. Siempre lo vas a ser —hablaba entrecortado—. No puedo imaginarme lo sola que te habrás sentido, bebé —¡cuánto hacía que no me llamaba así! «Bebé.» Su bebé.

—Claro que la vamos a ayudar, por supuesto, ahora, me gustaría saber en qué porque si no es un embarazo, no se me ocurre algo peor.

Mamá sólo señaló el interior del inodoro con el pulgar y él miró. Hasta ahora mi padre había actuado como un verdadero ignorante. Estaba decepcionada. Observó a mi mamá y, rascándose la barbilla, como quien está estudiando una complicada fórmula matemática dijo:

—¿Esto quiere decir...? ¿Quiere decir...?

—Gona, esto quiere decir que nuestra hija está enferma —sentenció mamá, ya más repuesta.

¿Enferma? Aunque en el fondo, requetefondo, sabía que era cierto, esa palabra fue la gota que derramó el vaso de mi interior y otra vez estallé en una reacción de furia para defenderme. Yo no tenía una enfermedad. ¡Eso era mentira!

—¡No, no estoy enferma! ¡No estoy enferma! Es un estilo de vida, ¿no entienden? ¿No entienden que no se puede vivir siendo gordo, teniendo grasa en el cuerpo? ¿No entienden que para tener éxito hay que ser flaco? ¿Eh? ¿O es que están taaaan ocupados que no se dieron cuenta de que el mundo se mueve así? ¿Eh, papá?

Hice una pausa. Los ojos me llameaban de rabia descontrolada cuando le hablé a mi madre:

—Tú vas a gimnasia para mantener tu cuerpo en forma y protestas si la ropa no te queda bien. ¡No sean hipócritas! ¡Todos ustedes! ¡Todos se fijan en el cuerpo! —grité, mientras señalaba a uno y a otro con el índice.

—¡Micaela! —gritó mi padre, sorprendido ante mi estallido.

—¡¿Qué, Micaela qué?! Tú mismo lo dices siempre, papá —e imitando su voz agregué—: «Para alcanzar la perfección se necesita sacrificio». ¿O no? ¿Acaso no es lo que repites todo el tiempo?

Papá me miró a los ojos, confundido.

—Es diferente, Micaela, lo digo en otro plano, en los negocios, en la vida, ¡no en lo físico! Es decir, en lo físico, bueno, sí, hay que estar en forma, porque para hacer buenos

174

negocios lo cierto es que la gente se fija en cómo uno se presenta y…

—¡Cállate, Gonzalo! ¡No puedo creer que estés diciendo eso en este preciso momento! ¿Es que acaso no tienes sentido común? ¡Es tu hija la que está acá, con un problema grave! ¡TU HIJA, MIERDA!

—Yo sólo trataba de explicarle que…

—Mejor no expliques nada, ¡mejor mantén la boca cerrada si vas a hablar para decir ese tipo de estupideces!

—Pero bien que te gusta estar toda divina, ¿eh, Laura? ¿Eh? Y te pavoneas de acá para allá, como la nueva rica que eres.

No podía creer lo que estaba sucediendo. Mi culpa, todo era mi culpa. Mamá habló, otra vez, pero ya más controlada y con la firmeza en la voz con la que había comenzado.

—Me estás hiriendo, pero en este momento no me importa. Primero está mi hija. Hazme el favor de irte. Sal del baño, piensa en lo que dijiste. Tú y yo hablamos después. Déjame con mi hija.

—No quise decir, es decir, no quise…

—Hablamos después, Gonzalo. Vete y cierra la puerta, por favor.

Papá le hizo caso. Mi madre y yo quedamos a solas. Ella en el bidé, yo en el piso. Ella tomándome las manos, yo con la vista fija en el suelo.

—¿Desde cuándo, Miki?

Me encogí de hombros.

—Siento que también la culpa es mía, ¿sabes? Tendría que haberme dado cuenta. Tendría que haber prestado atención cuando veía cómo adelgazabas, pero fui muy tonta. Ni siquiera le hice caso a la modista cuando me decía que estabas bajando mucho de peso, que cada vez te tenía que ajustar más el vestido... O escuchado a Petra, que estaba tan preocupada.

Se hizo un silencio y mamá continuó:

—Perdóname, de verdad yo pensaba que eran los nervios. A mí no me festejaron los quince y era mi gran sueño, así que el tuyo lo viví como si fuera el mío. Estaba en ese mundo de fantasía, quería que te vieras como lo que eres para mí: una reina... Y no fui tu madre en ese momento —hizo una pausa y se sonó la nariz—. Puedo tener miles de defectos. Puedo incluso parecer superflua, y tal vez lo sea en muchos aspectos, pero quiero que sepas que tu hermano y tú son todo para mí. Sería capaz de volver a Rivera si eso ayudara en algo.

Levanté la vista, sorprendida. Para mi mamá volver a Rivera era la pesadilla más grande. La cabeza me daba vueltas. Estaba mareada. Eran demasiadas emociones juntas. Sentía no tener un timón, pero mi mamá me dio un ancla. Y de eso no me voy a olvidar jamás.

—No es tu culpa, mamá... No sé de quién es la culpa. Capaz que es mía. Dddebe ddde ser mmmía —sollocé.

—Ya no importa. Lo que sí importa es salir adelante, que tú quieras salir adelante. Miki, yo no soy nadie sin ustedes.

—Pero nunca estás.

Los ojos de mi madre se humedecieron aún más.

—Estoy ahora acá y voy a estar de ahora en adelante, siempre. Te amo, te amo, te amo… —confesó mientras se ponía de cuclillas y me abrazaba.

—Papá…

—De papá me encargo yo —dijo, mientras se secaba el rostro con el dorso de la mano—. Y de ti también.

Se hizo un silencio.

—Tú tienes a papá que te admira, que te ama, pero yo… ni un chico que me gusta me valora lo suficiente, no valgo para él.

—¿De qué hablas? ¿Qué chico?

—De Matías, ¿de quién más?

—¿Qué pasó con Matías, Miki? Dijiste que ayer te había ido bien… ¿Acaso…?

—No, mamá, no pasó nada malo ni me hizo nada.

—¿Entonces qué? ¡No entiendo! —preguntó.

Mitad llorando, mitad intentando hablar, contesté furiosa y decepcionada:

—Entonces que se fue, se fue sin ni siquiera despedirse. Hoy fui a la playa con Belu para encontrarme con él, y no sólo no estaba, sino que le mandé un mensaje, arrastrándome como otras veces en busca de migajas, y me contesta que estaba en Buenos Aires. ¿Y sabes por qué me pasa eso? ¡Porque no valgo una mier…!

—¡Cállate! ¡No vuelvas a repetir eso, nunca más! —susurró mamá—. En todo caso el que se pierde una chica fabulosa es él. No te merece.

Me apretó fuerte la mano y mirándome a los ojos dijo:

—Vamos a salir adelante, juntos. Somos una familia. Con defectos, como todas, pero una familia. Por favor, bebé, por favor, prométeme que vas a dar todo de ti.

Asentí, aunque más por cansancio que por convicción.

Mi respiración comenzó a hacerse más pausada. Pronto iba a enterarme de que me esperaba un largo camino por recorrer para intentar volver a ser yo misma.

contar la VERDAD

Los nervios y la tensión de todo ese tiempo hicieron mella en mi organismo porque cuando le dije a mamá que quería irme a dormir, caí desplomada en un sueño profundo, aunque lleno de pesadillas donde aparecían Belén y mi papá acusándome con el dedo de complicarles la vida, y Matías que coqueteaba con Lali y Dani, las Princesas. Fue horrible. Desperté sobresaltada y empapada en sudor, pero la escena que vi en mi dormitorio me paralizó: mamá en algún momento después que me dormí había entrado en la habitación, corrido la cama donde dormía Belén hacia la mía y me miraba recostada desde allí. Le sonreí entre sueños. Me sentía pesada, débil, pero su presencia vigilante me trajo paz y seguí durmiendo ya sin pesadillas. Esa noche me sentí tal como ese bebé que me llamaba mi mamá cuando era más chiquita.

Cuando me desperté a media mañana, otra sorpresa me estaba aguardando en la cama de Belén: mi padre. Por costumbre, ya me iba a levantar para hacer pipí y quitar lo más posible el agua de mi cuerpo para pesarme, cuando lo vi. Y de repente recordé todo. Ya no tenía que fingir. Papá estiró el brazo y me tomó de la mano. Sentía mucha rabia, pero también mucho amor. Amo a mi padre. Lo amo, aunque soy consciente de sus grandes defectos.

Sinceramente jamás hubiera esperado esta reacción de mis padres. Los percibía tan fríos, tan… distantes. Sin embargo, comprendí que más allá de esa fachada, me querían en serio y se preocupaban por mí. Fue una sensación única, la de sentirme querida, protegida, amada.

Era diferente al sentimiento de falsa protección que me ofrecían las Princesas. La gran diferencia radicaba en que ellas me habían impuesto condiciones para aceptarme, pero mi familia no me pedía nada. Sólo estaba ahí, para mí, sin ningún requisito.

El sol se colaba por la persiana de la habitación. Papá se levantó y la subió. El ruido de la persiana al enrollarse atrajo a mi madre, que obviamente estaba esperando a que me despertara.

Los tres nos observamos. ¿Por dónde empezar? ¿Qué decir? ¿Qué hacer? Belén no vino, y Petra subió con una bandeja de desayuno. Se me revolvió el estómago al ver el pan tostado, la mermelada, la mantequilla… No iba a comer.

—Gracias, Petra —dijo mi madre—. ¿Belén sigue leyendo?

—Sí, señora. Está en el jardín.

—Perfecto. Gracias. Puede retirarse.

Petra inclinó la cabeza y cerró la puerta.

—Yo no voy a comer —anuncié.

—Un pan tostado, Miki… —pidió papá.

—Déjala, Gona. Vamos de a poco.

Me aliviaron dos cosas: una que mi madre no me obligara a comer y otra que hubiera llamado Gona a mi papá, señal de que habían estado hablando y solucionando la pelea de la noche anterior. De todas maneras, los percibí distantes entre ellos y eso me hizo sentir culpa.

—Bueno, entonces medio. Medio pan no le va a hacer nada —insistió papá.

Mi rostro se transfiguró.

—La estás alterando, Gonzalo —y, dirigiéndose a mí, me dijo—: Miki, me estuve asesorando por lugares especializados para que nos ayuden a todos. Quiero que sepas que hoy nos regresamos a Montevideo y mañana ya tenemos una entrevista para comenzar con profesionales que nos van a guiar.

Eso me dio terror. Por un lado quería ayuda, por otro no. ¿Qué tal si quedaba gorda y me volvía un cerdo, como decían las Princesas? ¿Hasta dónde valía la pena ir a un tratamiento? Capaz que si ponía voluntad, podía ir curándome sola... si es que estaba enferma como decía mi madre.

—No sé si quiero ir.

—¿Cómo?

—Quiero decir, quiero y no quiero.

—Mira, Miki, te pido que lo hagas por nosotros si por ahora no lo quieres hacer por ti. Pero es necesario que vayas. Yo no voy a dejarte sin ayuda. No. Quiero tener a mi Miki de siempre, quiero recuperar a mi hija, a aquella que tenía brillo en los ojos, que se interesaba por la vida, que iba con ganas a la gimnasia artística, porque…

Era mi oportunidad para decirle más verdades sobre mí.

—¿Ustedes me quieren conocer? —mis padres se miraron, con el ceño fruncido—. Es que no pasamos mucho tiempo juntos. Ustedes siempre tienen tanto trabajo, tantas salidas… y se me hace difícil contarles cosas o, por ejemplo, confesarles otras…

—¿Otras como qué? —dijo mi padre, alarmado.

—Como que estoy harta de la gimnasia esa. Voy porque no los quiero decepcionar, pero soy mucho más feliz en mi rincón mágico, ese lugar de mi habitación donde escribo y leo poesía.

—Es un lindo pasatiempo la poesía, claro, es muy intelectual —acotó papá.

—No lo hago porque sea intelectual ni tampoco como pasatiempo… yo siento la poesía como parte de mí. Cuando leo algo que me llega, siento que me toca el alma. Me gustaría ser poetisa.

—Bueno, bueno, eso no es una carrera universitaria. Está todo bien con el arte, pero de eso acá por lo menos no puedes vivir, Micaela —dijo, con esa voz que pone de profesional superado cuando se refiere a algún negocio importante.

—Gonzalo, ¿te parece que es momento de estar viendo qué es redituable y qué no? ¿Será que puedes escucharla sin ir más allá? —sentí la voz ríspida de mi madre.

—Ahora parece que todo lo que digo está mal —protestó mi padre.

Mamá ignoró su comentario y, mientras sorbía su té de menta, me dijo:

—Me encantaría ver tus poemas algún día, Miki. ¿Pero sabes qué? Para escribir poesía, así como para desarrollar otras habilidades que salen del alma y el cerebro, el cuerpo necesita estar sano. Si tu sueño es ser poetisa, o lo que sea, lo puedes cumplir, pero necesitas un cuerpo sano y una mente despierta. Eso es lo que quiero que tengas.

¡Qué hábil fue mamá! A partir de ahí fue más sencillo aceptar el recibir ayuda… ¡Tal vez algún día pudiera ser poetisa o escritora!

Todavía recuerdo ese momento y me parece que eso no pudo haber sucedido. Siempre me imaginé que cuando mis padres supieran que amaba la poesía iban a ponerse como locos, pero me llevé otra sorpresa enorme al comprobar que su reacción —al menos la de mamá— fue completamente diferente a lo que siempre me imaginé.

—Miki, ayúdanos a conocerte.

Esa frase de mi madre me partió el alma. De alguna manera estaba admitiendo que durante los últimos años papá y ella habían estado ausentes de la vida de Franco y la mía, y que muchas cosas de nosotros, simplemente, no las sabían.

—Chicas, por favor, hagan las maletas que salimos para Montevideo —nos pidió mamá, a la vez que Petra ponía con dificultad el juego de jardín de hierro a resguardo en el asador.

Belén y yo no habíamos cruzado palabra después de lo que pasó en el baño y mis sentimientos hacia ella eran confusos. ¿Era una alcahueta o de verdad lo hizo para ayudarme? Sea lo que fuera, estaba dolida. Pensé que mi prima era incondicional, pero…

Entramos en la habitación y fui recogiendo mi ropa, aunque sentía los ojos de Belu clavados en mi espalda.

—¿Qué me miras? —le dije, de mal modo.

—Estás enojada, ¿no?

—¿Te importa? Porque no creo que te importe demasiado —le dije, todavía sin darme vuelta para mirarla.

—¡Cómo no me va a importar, Miki! Te recontraquiero, por eso es que…

Ahí sí, me di vuelta y la enfrenté. La miré de arriba abajo.

—Yo confiaba en ti. Ahora no confío más.

Mi prima, siempre alegre y chispeante, estaba apagada y me miraba con ojos tristes.

—Lo siento, en serio. Pero te voy a decir algo: si pasara lo mismo, yo volvería a actuar igual. En mi corazón sé que hice bien. Mi mamá siempre dice que tengo que seguir mi corazón y mi instinto. No podría ni dormir sabiendo lo que vi ayer. Y si esto hace que no me quieras ver más, si es el precio que tengo que pagar, va a ser algo horripilante para mí, pero voy a tener la conciencia tranquila.

¿Por qué una niña de doce años era tan pero tan madura?, me pregunté a mí misma. Escucharla razonar te hacía sentir que tu mente era inferior a la de ella, como si hubiera vivido más vidas que tú, como si supiera exactamente qué hacer, la seguridad con que tomaba las decisiones me generaba mucha envidia, porque lo cierto es que yo, mayor que ella, no tenía su firmeza y determinación. ¿Cómo sabía que había hecho bien? ¿Por qué estaba tan dispuesta a aceptar las consecuencias? ¿Qué la hacía ser tan así?

Mi confusión aumentó. Y no me sentí con fuerzas para intentar comprenderla.

—Te quiero mucho, Mica. Espero que algún día me entiendas y que se te pase el enojo para poder seguir siendo amigas.

—Ahora no puedo pensar, te veo y sólo me das rabia.

Asintió, se dio vuelta y comenzó a preparar su maleta. Fueron las últimas palabras que cruzamos por mucho tiempo. Varias veces reproduje el diálogo, sobre todo en los momentos difíciles que me tocó pasar después y que la necesité más que nunca.

Nos regresamos a Montevideo. Papá llevó en su auto a Petra y a Belén, a quien dejó directamente en la terminal de autobuses luego de cerciorarse de que tomaba un camión a Rivera. Creo que mi padre prefería hacer eso a quedarse conmigo. Me da la impresión de que no sabría qué decir, qué hacer o cómo comportarse. Tal vez me equivoco y no fue por eso, pero a mí me late que sí. Mamá y yo volvimos juntas, en su auto, lo que nos dio otra oportunidad de hablar, aunque yo no me sintiera con ganas. Sin embargo, había algo que me rondaba, me carcomía, y entre eso y las palabras de Belén, me hacía sentir que debía confesarlo.

—¿Estás enojada con Belén? —preguntó mamá, mirando concentrada la ruta, pero prestando atención a mis palabras.

—No sé. Sí. No. Bueno, no sé qué siento aparte de rabia.

—En el fondo sabes que lo hizo por tu bien, Miki. Y sé también cuánto te quiere ella y cuánto la quieres tú.

No dije nada. ¿La quería? Claro que la quería. Cuando pasó lo de las Princesas en mi cumple de quince, que descubrí lo que decían de ella, me puse fatal. Si no la quisiera no habría sentido nada o no me hubiera importado. Pero a la vez, ¿hice bien en no decir nada? ¡Estaba tan confundida!

—Es buena persona, mamá.

—Claro que es buena persona, y es buena prima y buena amiga, también. Debe de haber salido a mi hermana.

Eso me impresionó. ¿Mi madre hablando bien de Celina?

—¿La tía Celina?

—Sí. Aunque me da mucho fastidio que ella eligiera el camino fácil y que sea una persona sin ambiciones, tengo que reconocer que jamás fue envidiosa a pesar de la diferencia económica que se dio entre las dos después de que me casé con tu padre. Y que siempre estuvo abierta para ustedes. Ojo, no digo que me caiga bien. Me fastidia mucho su personalidad. Pero no por eso dejo de reconocer lo bueno que tiene.

—Nunca me hablaste así de la tía Celina…

—Es que no se había dado el caso, yo qué sé… Pero a mí Belén me importa, a pesar de que al principio no me hacía mucha gracia que estuvieran conectadas, tengo que reconocer que fue una buena influencia y que es una chica que se hace querer. Lo que se dice de buen corazón. Por eso me da tristeza que estén peleadas.

Medité unos segundos antes de responder:

—No terminamos peleadas, al menos ella conmigo no. En todo caso yo con ella. Siento que me traicionó, aunque ya sé que tú vas a decir que no es así y bla bla bla… —mi mamá no dijo nada—. Pero ella es mejor persona que yo.

—¿Por qué dices eso? —preguntó mi madre, que giró un segundo su rostro hacia mí, con el ceño interrogante.

—Porque al menos actúa en relación con lo que piensa. Si algo le parece que está mal, lo dice. Yo no.

Y entonces le conté que había escuchado cómo las Princesas hablaban pestes de Belu.

—Pero entonces esas chicas… Esas chicas… —mamá trataba de explicarse y entender al mismo tiempo.

—No las puedo culpar. Yo soy tan mala gente como ellas. Una basura. Ya te dije.

—Pero ¿por qué dices eso? ¡Tú no eres así, Miki!

—Porque no soy una buena persona. Si fuera en serio una amiga de verdad, entonces tendría que haber defendido a Belén y haberme separado de ellas.

—Bueno, pero a veces es difícil tomar una actitud correcta cuando te encuentran con la autoestima por el piso, ¿no? Seguro un psicólogo nos puede ayudar —dijo mamá.

—¿Vamos a ir a un psicólogo?

—En realidad, el centro donde tienes la entrevista mañana… Bueno, debería decir donde tenemos la entrevista, es un lugar donde tienen psiquiatras, nutriólogos, psicólogos, médicos…

Quedé callada. Tantos profesionales juntos me daban miedo. ¿Qué iban a hacerme?

—Así que, Miki, no pienses que eres mala persona, simplemente no estabas en tu mejor condición como para actuar correctamente.

—Mami…

—¿Qué?

—Si quiero ser buena amiga, ¿tengo que decir la verdad, aunque haya jurado que nunca la iba a decir?

—Depende. Si es algo que sabes que está dañando a la otra persona, a alguien que quieres, y que puede tener una salida si cuentas el secreto, yo creo que sí, que tienes que hablar. Y que eso te hace ser buena amiga, pero sobre todo buena persona. Que es lo que hizo Belén.

Dudé. Casi me sale sangre del labio inferior, que me estaba mordiendo sin pensar. El juramento de las Princesas era claro y si lo rompía… no sabía qué consecuencias podía tener. Pero por otra parte sabía que Coti necesitaba ayuda también.

—¿Por qué me haces esa pregunta?

Finalmente, me decidí.

—Mamá… es que juré no decir nada, pero…

—¿Pero qué, Micaela? —preguntó mamá, acercando el auto al acotamiento, frenando y poniendo las intermitentes.

Me enfrenté a sus ojos y hablé:

—Coti vomita. Al principio poco, pero ahora todo el tiempo.

Sentí cómo las lágrimas rodaban por mis mejillas y mi madre me miraba incrédula.

—¿Coti también tiene problemas con…? —preguntó mi madre, dudando de cómo formular la oración.

—Yo juré no decir nada, porque las Princesas firmamos un contrato que...

—¿Un contrato? ¿De qué hablas, Micaela? ¿Un contrato?

—Bueno, es un contrato de cosas de comportamiento y eso, de... Bueno, no importa, el tema es que además de que las Princesas y yo tenemos el mismo problema, creo que Coti necesita que la ayuden también.

Hice una pausa. Me costaba muchísimo hablar de todo lo que venía guardando dentro de mí, de lo que venía escondiendo día tras día... hacía meses.

—Últimamente no para de vomitar y no sé... —las lágrimas empezaban a fluir—. No sé si estoy haciendo bien en contar esto. Es mi mejor amiga. ¡No quiero que se enoje conmigo! O que sienta que la traicioné, como yo siento que Belén me traicionó, y...

Mamá me abrazó, primero leve, luego más fuerte acariciándome la espalda ante mis espasmos provocados por el llanto. ¡Era un desastre!

—Mami, ¿tú puedes hablar con Estela? Ella te puede escuchar, ustedes se conocen y...

Mamá me apartó y me limpió las mejillas.

—Voy a hacer todo lo que pueda por Coti, todo lo que pueda. Pero ahora primero estás tú. Tengo mis energías puestas en ti.

—Pero ella...

—Entiende algo, por favor: para mí todo esto es un golpe. No sólo lo tuyo, tener a Franco lejos, enterarme que tu grupo de amigas en quienes yo confiaba tanto están enfermas, que tu mejor amiga también está enferma, hay muchas cosas que tengo que procesar.

Quedé callada.

—De todas maneras no podría ocultarle esto a Estela. Así como me gustaría que si algún adulto hubiera sabido que tú tenías esto viniera a decirme, tengo que actuar. No va a ser fácil. No puedo llamarla y decir: «Hola, Estela, ¿sabes que tu hija vomita lo que come?», ¿entiendes? Tengo que ir a la casa y buscar la manera de decírselo de frente. Te prometo que lo voy a hacer cuanto antes —dijo mi mamá con esa firmeza y determinación que me hacía sentir segura y asustada a la vez.

—Yo también extraño mucho a Franco —admití.

Mamá asintió.

—¡Estoy tan cansada de esta vida! —suspiré, con lágrimas en los ojos.

—¡No digas eso, bebé!

Mamá me apretó la mano. Me dio fuerzas para continuar confesando mis sentimientos.

—Estoy cansada, cansada, cansada… y me parece que es imposible que algún día pueda volver a ser la misma de antes. No quiero defraudarlos más, por eso les aviso que, aunque voy voluntariamente a ese centro, no creo que pueda luchar contra mí. No creo que nadie pueda hacer algo por mí.

—No va a ser una lucha contra ti, sino contigo misma y rodeada de gente que te ama. ¿Sabes? Hace tiempo que no te vemos reír como antes. Tienes los ojos opacos y hasta el pelo perdió vida —dijo, acariciándome la cabeza.

A mamá se le llenaron los ojos de lágrimas.

—Lo hecho, hecho está. Todos tenemos responsabilidad, pero también tenemos mucho amor y mucha determinación. Vas a ver que esto será sólo una piedra en nuestro camino y que si nos prometemos dar lo mejor de cada uno, como familia, vamos a poder batallar contra cualquier cosa. Juntos, juntos —dijo, poniendo el motor en marcha otra vez y entrando a la carretera que nos llevaba a Montevideo.

Amores INCONDICIONALES

Cuando llegamos a casa, subí a mi habitación y me encerré en mi rincón mágico. Miré ese mundo que había llegado a amar tanto y que había abandonado. Mis recortes de poesía, letras de canciones inventadas, el cuaderno que tanto quería… y de alguna manera me sentí mejor. Mamá vino enseguida a preguntarme qué estaba haciendo. Supongo que sentía miedo de dejarme sola por si no le había confesado toda la verdad y estuviera vomitando también como Coti.

—Supongo que la anorexia y la bulimia son iguales de peligrosas, Micaela. Pero como madre quiero saberlo todo. Por eso necesito que seas franca, lo más franca posible conmigo para poder ayudarte. Tengo que saber si alguna vez intentaste provocarte un vómito.

La sentí tan fuerte, pero a la vez tan… tan indefensa que me desarmó. Fui sincera y le juré que no. Me invitó a tomar un té y acepté, por ella, no por mí. El mío con edulcorante. Mamá lo toma sin azúcar.

Papá llegó con Petra casi una hora después. Mi padre me dio un papel doblado en forma tal que parecía un sobre.

—Te lo manda tu prima.

—Gracias. ¿Puedo subir a leerlo en mi dormitorio?

No sé por qué pedí permiso para ir a mi cuarto.

—Claro, Miki, ¿desde cuándo pides permiso? —preguntó papá, sorprendido.

Miré a mi madre.

—Deja la puerta abierta, por favor.

—¿Qué? —pregunté, asombrada.

—Que la dejes abierta —repitió.

—Lau, eso es una ridiculez. ¡Miki tiene quince años!

—Tú no sabes todo. Micaela, sube, pero haz lo que dije. Papá y yo vamos a hablar.

Llena de furia, subí la escalera. Me hubiera encantado hacer algo que nunca hice: dar un buen portazo. ¿Pero cómo, si tenía que dejar la puerta abierta?

Me tiré en la cama y abrí la cartita.

> Yo no tengo hermanos, pero tú para mí eres mi hermana. Te quiero muchísimo y cuando necesites algo, o hablar con alguien, aunque ahora no me tengas confianza, quiero que sepas que siempre voy a estar contigo. Tu prima-hermana-amiga-BFF: Belén

Me llevé la carta al pecho, cerré los ojos y lloré. Mi prima era incondicional. El problema era yo, que seguía confundida. Volví a doblar la carta y la llevé al espacio mágico. Un tesoro más entre mis tesoros.

De repente sentí golpecitos en la puerta abierta. Me volteé y ahí estaba Petra, en silencio. No había dicho ni una palabra hasta entonces, en que me miró con ternura.

—¿Puedo pasar?

—Claro, Petra, pasa —dije, avergonzada. Leía en su rostro que ya sabía todo. Y me daba mucha vergüenza.

—Tu mamá me contó lo que pasa.

Asentí, conteniendo nuevas lágrimas, intentando mostrarme fuerte.

—Yo te crié desde chiquita… Es difícil que no me diera cuenta de las cosas, pero te veía rara.

Volví a asentir.

—Sé cuál es mi lugar. Yo soy la mucama, pero permíteme decirte algo.

—Seguro.

Se acercó y me tomó de ambas manos. Nos miramos a los ojos. ¡Me conocía tanto! Creo que en muchas cosas, más que mis propios padres.

—Eres como mi nieta. Lo que te pase, yo lo siento acá —dijo, tocándose el corazón.

Eran demasiadas emociones juntas…

—Gracias —susurré.

Me soltó las manos y, sin hacer ruido, me dejó sola. Terminé en un sopor de cansancio que me llevó a dormir varias horas de corrido y profundamente, otra vez. Se ve que es cierto eso que dicen que cuando vas aflojando las tensiones descansas mejor.

Cuando desperté, mamá me dijo que había estado en casa de Coti, pero que las cosas no habían salido bien. Estela la acusó de mentir y le dijo a mamá que, con toda seguridad, yo envidiaba que Coti hubiera obtenido la medalla de oro en el último campeonato artístico y yo sólo la de bronce. Y que por eso mi madre se estaba comportando como gentuza.

—¡Al final tengo que pensar que eres una envidiosa tú también, Laura! —le dijo Estela—. No puedes vernos bien porque vienes a querer arruinar mi casa. Ahora que está mi marido, no te gusta que no te preste atención, ¿no? Y eres capaz de decir cualquier barbaridad para ser el centro, como siempre. ¿Pero sabes qué? Esta vez no caigo, querida. Y ni siquiera voy a intoxicar a mi hija contándole el disparate que acabas de decir de ella.

—Pero, Estela, tienes que escucharme. Constanza está…

—A diferencia de ti, Laura, tengo una hija que *confía* en mí. Si eso fuera cierto yo sería la primera en enterarme. Ahora te pido que te vayas.

Eso hirió horrible a mi madre, que se fue con el ánimo por el piso. Pero, como me dijo más adelante, lo único que le preocupaba cien por ciento era yo y mi recuperación, y en eso se iba a centrar.

Primer gran PASO

Ya era media tarde del día siguiente cuando llegamos al centro de ayuda. Se llama ATENDA. Se trata de una casa antigua, aunque muy arreglada, que alberga específicamente a chicas que tienen desórdenes alimenticios.

Cuando puse el pie en el escalón de la entrada, sentí que estaba dando mi primer paso, como si fuera un bebé que comienza a aprender a caminar. Fue una sensación de alivio que me llenó de esperanzas. Es difícil de describir, porque a la vez también sentí mucho, mucho miedo. Y rabia de que otras personas se metieran en mis decisiones. Pero así y todo ganaba el sentimiento positivo. Tocamos el timbre.

—¡Adelante! —dijo una chica que tendría dos o tres años más que yo, a la que le brillaba un arito en la nariz. De pelo lacio y cortado disparejo, llamaban la atención sus ojos claros. Era hermosa y exudaba salud. Jamás hubiera imaginado que estaba en recuperación. Pensé que era una de las asistentes del lugar—. Los estábamos esperando. Por la escalera, arriba a la derecha está Mariela, que habló con ustedes, ¿puede ser?

—Sí, sí, conmigo —aseguró mi madre.

—Perfecto. Tú eres Micaela, ¿verdad? —me dijo, sonriendo.

199

—Sss-sssí —dije, con voz temblorosa, una mezcla de timidez, miedo y vergüenza.

—Yo soy Elianne. Y voy a estar contigo apoyándote en todo lo que necesites en el proceso —aseguró, con esa sonrisa franca que me transmitió una paz ¡enorme!

—Gracias. Yo…

—Shhh, nada de gracias. Acá estamos para ayudarnos. Vas a flaquear, seguramente, pero yo voy a estar ahí, y por lo que veo tu familia también —dijo, mirando a mis padres—. Así que ¡tranquila!

Le sonreí. Fue como si me hubiera inyectado una dosis de energía. Subimos las escaleras y observé a varias chicas de diferentes edades en un lugar con sillones. Charlaban, se reían… parecían amigas. Me dio cosita, fue como estar interrumpiendo su intimidad, pero ellas no se sintieron cohibidas para nada porque siguieron hablando tal como lo estaban haciendo antes de nuestra llegada.

La habitación donde Mariela, la psicóloga, nos estaba esperando era iluminada y amplia, con un escritorio grande pero viejo y muchos libros. Había sillas delante del escritorio y dos sofás.

Mariela, que había nacido y vivido en Rocha hasta la adolescencia, según me enteré más adelante, resultó ser una mujer de unos sesenta años, muy inquieta, iba y venía, gesticulaba mucho al hablar… ¡Me hizo recordar a Belén! Empezó por darnos la bienvenida con un beso a mí y extendiendo la mano a mis papás. Nos pidió que nos sentáramos con ella, que no fue detrás del escritorio, sino que lo hizo junto a nosotros en las sillas, armando un círculo. Todo iba bien, Mariela me caía bien, pero no quería olvidar que podía estar frente a una enemiga… Iba a tener que ganarse mi confianza. ¿Creía que así nomás iba a aceptar lo que me dijeran? ¿O lo que les dijeran a mis padres? ¿Qué sabía ella de lo que *yo*, *Micaela*, sentía?

—Qué difícil es estar acá hoy para ustedes, ¿no? —dijo, cruzando las piernas y entrelazándose las manos por las rodillas.

Mis padres asintieron al unísono, pero yo no.

—¿Para ti es difícil, Micaela?

Me encogí de hombros. No se la iba a poner sencilla. Tenía que darse cuenta de que no me iba a convencer tan fácilmente y que si estaba ahí era más bien porque me lo pidió mi madre, porque de hecho yo si quisiera me hubiera podido mejorar sola. Porque no estaba enferma como querían pintármelo. ¡Qué estupidez! ¿O no?

—Sin embargo, fueron muy valientes al dar este paso. Y tú, Micaela, tienes gran parte del camino hecho, ¿sabes por qué? —y sin esperar a que respondiera, me dijo—: Porque tu familia está acá contigo. No todos tienen esa suerte, no todos cuentan con eso. Y una de las claves para la recuperación, para que salgas de la pesadilla en la que estás, es que tu familia te apoye.

Asentí. Pero pensé, «¿pesadilla?».

Mi mamá me tomó de la mano.

—Vamos a trabajar mucho, vas a pelear contigo misma, ustedes se van a enojar con ella… Tú vas a detestar a tus padres… y a mí y a todo el personal. Es probable que pienses que nos odias y que somos monstruos que estamos para complicarte.

La habitación quedó en silencio. No sabía qué decir. Me empezó a fastidiar el tono de «sabelotodo» que tenía. ¿Era para hacerse la profesional? ¡Todos eran sospechosos ahí dentro!

—El camino no es fácil, por eso les tengo que preguntar, a los tres, si están dispuestos a recorrerlo, a dar todo aun cuando parezca que ya no les quedan fuerzas.

Miré a mamá y a papá, de reojo. Estaba insegura. ¿Habría hecho bien en ir? ¿Qué era dar todo? ¿Qué se suponía que me iban a hacer? ¿En manos de quiénes me estaban poniendo? El miedo me dio ganas de salir corriendo, de rogarles a mis padres que me llevaran, de prometerles que iba a comer, que era sólo cuestión de tiempo y listo. Y entonces escuché la respuesta de mamá:

—Estamos más que seguros.

Mariela sonrió y se dirigió exclusivamente a mí.

—Micaela, ¿cómo te dicen en tu casa? —preguntó Mariela.

—Miki.

—¿Y en la escuela?

—Mica.

—¿Cómo quieres que te llamemos acá? Nosotros vamos a ser como tu familia y queremos que estés lo más cómoda posible.

—Mica está bien —contesté.

¡Familia mis narices! ¿Te haces familia firmando un papelito de un día para el otro?

—Bueno, Mica, entonces, ¿te subes a este barco? —preguntó, haciendo un gesto amplio con los brazos.

Miré a mis padres y luego asentí, todavía con rabia, indecisión y expresión temerosa, típico de mí.

—No tengas miedo. Todas las chicas que viste mientras subían las escaleras pasaron por lo mismo que tú y hay cientos que están recuperadas y viviendo una vida plena. Muchas ya son madres —dijo, con orgullo, como si estuviera hablando de sus propias hijas.

—Sé que puede resultar tonta mi pregunta —comenzó a decir mi madre.

—Ninguna pregunta es tonta en este lugar y en estas situaciones que manejamos en ATENDA —afirmó Mariela.

Mamá asintió y preguntó:

—¿Hay alguna fórmula exitosa para el tratamiento? Déjeme explicarme mejor, lo que necesito saber es qué es lo que exactamente hay que hacer para tener mayores probabilidades de éxito y ayudar a nuestra hija.

—Entiendo su inquietud. Acá hablamos de diversos factores que son fundamentales para la rehabilitación. Como ya les comenté, uno de los principales es el apoyo familiar. Y otro es el de seguir al pie de la letra las pautas que manejamos en el centro. Esas pautas pueden resultar duras, a veces, pero son necesarias e involucran a la familia, a la casa, a todos quienes rodean al paciente.

—¿Qué tipo de pautas son? —preguntó mi madre.

—Bueno, eso lo vamos a ir viendo de a poco, pero para empezar les tengo que decir que, para iniciar el tratamiento, es indispensable que Mica rompa todo tipo de vínculo con quienes haya tenido una relación ya sea de amistad o de dependencia, con personas que estén sufriendo esta clase de trastornos alimenticios.

—Pero eso… es difícil, es decir, las amigas de ella van a la misma secundaria, están en la misma clase y… —dijo mi madre, nerviosa, moviendo las manos en un ademán de explicarse mejor.

—Acá va el segundo punto. No es conveniente que Micaela continúe asistiendo al colegio. Debe cortar el contacto con esas chicas. Puede presentar los exámenes extraordinarios.

—¿Dejar el colegio? —preguntó papá, asombrado.

—Dejar de asistir. No dejar de estudiar.

Papá ladeó la cabeza, inconforme. Los estudios siempre habían sido una prioridad en mi casa.

Intervine yo ante la duda que me asaltaba:

—Hago gimnasia artística y mi mejor amiga es… es bulímica y ella, Coti, ella…

¿Por qué se me hacía taaaan difícil hablar de Coti?

—Ella va conmigo a la gimnasia.

—Nada de gimnasia.

—¿Cómo? —volvió a preguntar papá levantando un poco la voz, con el ceño fruncido—. Pero se sabe que el deporte es bueno, para la salud mental, para distraerse y eso seguro le hace bien, porque…

—No. Nada de gimnasia por lo menos durante el primer año de tratamiento. Las chicas lo suelen usar como método para quemar calorías.

Me sonrojé. Papá me miró y estoy segura de que recordó aquella noche en que me vio en el gimnasio, entrenando y sudando.

—Ustedes tienen que comprender que Micaela debe centrarse únicamente, y recalco la palabra, *únicamente* en ella, en su cuerpo y en su mente. Para eso, como ya les expliqué previamente, nosotros la vamos a evaluar clínicamente con nuestro médico y también con el psiquiatra, y en la reunión multidisciplinaria crearemos un plan específico para su recuperación. Debemos pesarla, calcular el índice de masa corporal, medirla… Pero desde ya les adelanto que nada de gimnasia…

Sonreí, por primera vez desde que estábamos en la entrevista. Mariela también sonrió al verme.

—¿Dije algo gracioso?

—No, pero eso de nada de gimnasia es una buena noticia. ¡La verdad es que ya no aguantaba más a Greta y sus gritos!

—¡Micaela! —dijo mi madre. Y mirando a Mariela le explicó—: Greta es su entrenadora de gimnasia artística.

Mariela asintió.

—¿Qué te gusta hacer? —me preguntó Mariela.

—Me encanta escribir. Escribo canciones, poemas, todo eso.

—¿Has escrito algo últimamente? —indagó, aunque sospecho que ya sabía la respuesta.

—En realidad, escribía. Desde que empecé con todo esto, bueno…

—Sí, no tenías ganas.

—No.

Asintió, comprensiva.

—¿Cuánto tiempo dura el tratamiento? —preguntó papá.

—Eso es muy difícil de precisar. Por lo general, unos cuatro años.

—¡Cuatro años! —saltó mi madre, quien automáticamente buscó la mirada también atónita de mi padre.

—Sí. Los desórdenes alimenticios afectan no sólo órganos del cuerpo, sino la mente del paciente. Y lograr cierta estabilidad lleva tiempo. Tiempo y amor. Es un trabajo arduo, duro, pero que cuando uno ve los resultados positivos, de verdad que todo vale la pena —dijo, con una sonrisa en el rostro—. Si les parece bien, mañana a las nueve esperamos a Mica para evaluarla y poder iniciar el tratamiento cuanto antes. El horario es de lunes a viernes de ocho a cinco de la tarde. Les pedimos que al comienzo siempre venga acompañada y se aseguren de que entre.

Mis padres y yo quedamos sorprendidos. ¡Todo el día, como secundaria de doble turno! ¿Qué se suponía que iba a hacer tantas horas? Mariela se adelantó a mi pregunta en voz alta:

—En ese horario, las chicas tienen sesiones grupales, sesiones individuales, médico, supervisión del horario del almuerzo y colaciones… porque tienen que volver a aprender a comer. También hay espacio para la recreación, ven películas, discutimos temas y nos regimos con un sistema de niveles. Las que están más arriba, ayudan a las que recién comienzan y así sucesivamente. Si no me equivoco, Elianne fue quien los recibió, ¿no?

—Sí —confirmó mamá.

—Ella está en la última etapa de recuperación. Ya casi dada de alta. Y trabaja ayudando a las que se inician. Va a ser una buena amiga y un buen soporte para ti, Mica. ¿Tienen alguna pregunta más?

Mi madre asintió:

—¿La recuperación es total si hacemos todo como nos lo indiquen?

¡Pobre mamá! Se veía la desesperación en sus facciones tensas.

—Hay dos corrientes, una que afirma que el paciente puede recuperarse por completo y otra que no, que los desórdenes alimenticios son algo con lo que lidiar toda la vida. Personalmente creo que si el paciente se recupera, va a haber desarrollado herramientas suficientes para controlar la adicción, porque esto es una adicción como lo puede ser el alcohol. El problema es que muchas veces no se entiende así.

Mi madre miró a mi padre, quien bajó la vista.

Realidad, CRUDA realidad

Mi gran temor era engordar. No quería engordar. Mi mente aún tenía el chip de que debía ser delgada costara lo que costara... pero al mismo tiempo sabía que no era feliz y que si no hacía algo para cambiar esa situación, iba a ir de mal en peor.

Los últimos meses de mi existencia habían sido, sencillamente, una pesadilla. Sólo alguien que haya pasado por lo mismo puede saber lo que se siente. Creo que por eso, aunque al principio me costó muchas adaptaciones, terminé aceptando ATENDA como un refugio donde me protegían de mí misma: porque las chicas que conocí habían pasado o estaban pasando por lo mismo que yo.

Mi índice de masa corporal no estaba tan bajo. Me enseñaron que si era menor a catorce, tenían que internarme. Mi caso no era tan extremo. De hecho, les dijeron a mis padres que no era de los más difíciles y que, aunque a mí me pareciera el fin del mundo, iba a salir adelante.

Lentamente fui comprendiendo que ese estilo de vida que defendía tenía un costo demasiado alto: la salud y la felicidad, nada más ni nada menos. Ver a otras chicas incluso menores que yo en situaciones peores hizo que mi cabeza cambiara.

Elianne fue una ayuda tremenda. Al primer día del tratamiento le pregunté:

—¿Voy a engordar? Porque yo no quiero engordar. No puedo engordar.

—No es cuestión de engordar o no engordar. Es cuestión de llegar al peso adecuado para tu cuerpo, al peso que te permita tener una vida plena, poder razonar coherentemente, ser madre algún día, poder disfrutar de una cena con amigos, de un helado sin sentir culpa, de eso se trata. En el momento en que pierdas el terror a engordar, va a ser cuando comiences a mejorar.

—Entonces no lo voy a lograr nunca.

—Sí, lo vas a lograr porque es un proceso lento, pero funciona si tú quieres y si te apoyan en tu casa —aseguró—. Y funciona también porque acá hay gente, como yo, que se va a preocupar por ti. Soy tu referente y ante cualquier duda, a la hora que sea, me llamas. ¿Prometido? —dijo, levantándome la barbilla y haciendo que la mirara directamente a los ojos.

Asentí. Estaba muy nerviosa. Si algo depende de otro, tú no tienes responsabilidad. Pero cuando depende de ti casi por completo es una carga tan pesada que te deja con un nivel de tensión inmenso.

Y por eso, apenas una semana después de haber iniciado el tratamiento, ya me estaba cuestionando si de verdad valdría la pena, si en realidad estaba taaaan enferma como para pasar por el régimen que me imponía ATENDA.

—¡Ya estoy llena, Elianne! ¡No me persigas más, déjame tranquila! —le grité en el almuerzo cuando me insistía en que tenía que terminar el plato.

Petra me había preparado una pechuga de pollo que me parecía gigante y una porción de fainá de calabacitas. Había masticado veinte veces cada bocado y hacía más de una hora que estaba frente al plato. Todavía me quedaba media pechuga y algo de fainá. Pero de verdad me sentía llena y no quería seguir comiendo. Elianne me lo había vuelto a calentar y me miraba, esperando a que yo siguiera. ¿No se había cansado de estar una hora vigilándome, acechándome? ¡Qué fastidio! Encima teníamos que masticar despacio y nos ponían un cronómetro para medir que no nos adelantáramos a los tiempos que para ellos eran los adecuados.

Mariela apareció como de la nada, aunque sospecho que alguien ya le había avisado lo que estaba sucediendo:

—Elianne, Mica va a seguir almorzando. Pero antes va a hablar conmigo. Mica, por favor, acompáñame arriba —dijo, girándose y comenzando a subir las escaleras sin mirar atrás, sabiendo que yo iba a obedecerla.

¿Qué se pensaba esta mujer? ¿Que todo lo que decía era «amén» para mí? Ya le iba yo a cantar todo y la iba a amenazar si era necesario. No me importaba. Estaba harta de ella, de Elianne, de todos ahí.

—Siéntate, Mica.

—No, gracias, no tengo ganas —contesté, cruzada de brazos y con el rostro desafiante.

—Muy bien, como quieras.

Continué mirándola, esperando el rezongo que sabía se vendría. Pero me equivoqué. La voz dulce, aunque firme, de Mariela me preguntó:

—Quieres irte, ¿cierto?

—Ajá.

—¿Recuerdas cuando hace una semana en la entrevista inicial te advertí que me odiarías? ¿A mí, al personal, a todos?

—Ajá.

—Te pasa eso, ¿verdad?

La miré de manera más penetrante, con la barbilla más alta.

—No es algo que haya inventado, es algo que sé que sucede. No sólo por experiencia con pacientes, sino porque yo también sufrí de anorexia.

No lo podía creer. Jamás hubiera imaginado que esa mujer hubiera sido una de nosotras.

—¿Sabes? Me habría preocupado si no te hubieras cuestionado nada. Son más que normales tu reacción y tus dudas.

Esperó unos segundos, supongo que a ver si yo agregaba algo, pero lo cierto es que no me salía ni una palabra. Así que continuó:

212

—Cuando a las personas nos cuesta enfrentar algunas cosas y nos tenemos que esforzar, a veces preferimos evadirnos, escapar, hacer de cuenta que no pasa nada, que todo es exagerado. Porque es más sencillo eso que seguir adelante.

Como yo seguía sin hablar, por primera vez Mariela tuvo un contacto más cercano. Se levantó, me tomó fuerte una mano y afirmó:

—A medida que comprendas más acerca de la enfermedad, vas a empezar a sentirte más segura.

Ella entendía lo que yo estaba sintiendo. Lo había vivido también. ¿Qué podía decir frente a eso?

—Es que… es que estoy llena y Elianne me insiste en que termine la comida, pero estoy cansada de masticar y además estoy repleta y…

—Lo entiendo. Es parte del proceso y del tratamiento. No dudo que estés llena, como dices tú, pero es porque tu organismo está enfermo y está intentando recuperarse, tu estómago está abriéndose para volverse sano otra vez, ¿comprendes? Nadie te va a hacer comer hasta explotar. Las porciones que mandamos traer desde tu casa están medidas y pesadas. Es lo que tu organismo necesita. Por eso Elianne insiste. Te está cuidando, igual que todos aquí. Así que hazme el favor de bajar y terminar tu almuerzo. Hazlo por ti, por tu familia y por nosotros.

Fue increíble, pero me sentí como una niñita caprichosa y la vergüenza me dejó colorada. Bajé y, sin decir una palabra, comencé el proceso de comerme el resto de lo que quedaba en el plato. Me llevó media hora más, cortaba la comida en pedacitos minúsculos, pero lo hice. Lo terminé. Y Elianne, aunque no me habló, se acercó a darme un abrazo cuando acabé el último bocado. Fue una experiencia que no voy a olvidar, como tampoco otras sumamente duras que pasaron allí. La vigilancia era constante y como quienes nos guiaban eran personas que habían pasado por lo mismo, conocían todos los trucos que usábamos para deshacernos de los alimentos.

Griselda, una chica de sólo trece años, un día me rogó que le hiciera un enorme favor: que pidiera autorización para tirar la basura en el contenedor, me llevara una bolsa de nylon escondida debajo de mi camisa de mezclilla y la tirara. Miré la bolsa transparente: era la comida que le habían traído de su casa. Al menos la mayor parte de la comida. Me negué y ella no me habló por un tiempo. Este tipo de cosas ocurrían constantemente.

Sé que a varias chicas la psiquiatra las medicó. Sufren de depresión y eso influye en los desórdenes alimenticios. Algo más que aprendí. No fue mi caso, aunque cada semana tengo sesión con la doctora para hablar de cómo me voy sintiendo, de la rabia que me nace a veces, de cómo por momentos creo que todos están en mi contra, o que me quieren ver mal, o no me comprenden. Y también hablamos de algunos sucesos que pasan dentro de ATENDA y que nos afectan directamente, como el caso de Renata.

Renata tiene 16 años y pasó los últimos cuatro cortándose. Ella decía que así se recordaba que estaba viva y que eso también le servía de castigo. Tenía marcas por todo el cuerpo, en diferentes etapas de cicatrización.

Otro día, nos enteramos de que en Inglaterra había fallecido una mujer de 27 años, que vomitaba más de cien veces al día. Fue una jornada de luto para todas. Muchas de nosotras lloramos en silencio. Sabíamos lo que había sentido esa mujer, su deseo de alcanzar y mantener la perfección, porque lo vivimos en carne propia. Fue inevitable que pensara en Coti, y más todavía cuando la doctora me explicó que purgarse podía terminar causando la muerte, como esa paciente inglesa. Que te bajaba el potasio del cuerpo y ahí terminaba todo. Me asusté mucho. Muchísimo. Por Coti, por mí, por todas las que atravesamos esta situación. Me entró un temblor tan violento que tuvieron que llevarme a un sillón y taparme con una frazada, mientras Elianne me abrazaba y susurraba palabras de aliento.

En ATENDA, el horario del almuerzo era un lío. Muchas, como yo, jugábamos con la comida con la esperanza tonta de que nadie se diera cuenta y en el momento menos pensado pudiéramos tirar lo que nos habían puesto en el plato. Otras comían con la resolución de ir al baño después y purgarse, pero nada de eso era posible... Aunque había aprendido la

215

lección de que demorar no cambiaba la determinación de Elianne en que no abandonara la comida, a veces seguía insistiendo.

Pero a grandes rasgos tengo que decir que lo que me tocó experimentar por mí misma y conocer ahí me cambió por completo. Los casos que vi y que veo son... terribles y por momentos pareciera que nadie hace nada. Los padres de otra chica, Agustina, dijeron que el tratamiento no tenía sentido y la sacaron. Según ellos, Agustina no comía porque era caprichosa.

¡Qué difícil explicar lo que te pasa sin que te juzguen! ¡Y qué horrible vivir en tu casa sin sentirla como propia! Es que mi hogar se transformó en un sitio parecido a una cárcel y, encima, sucedió algo que, aunque espantoso, fue el clic necesario para que terminara de reaccionar.

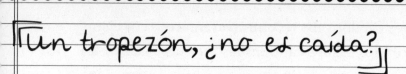

Un tropezón, ¿no es caída?

Un sinfín de veces me culpé por lo que sucedió después en mi casa. Es que mi hogar ya no era mi hogar, aunque siempre me molestó la falta de atención de mis padres, ahora no sé si estaba tan contenta con cómo se fueron dando las cosas y los cambios que ocurrieron. Claro que me emocionó que, para empezar, a las cenas o reuniones empezó a ir papá solo, y no a todas. Se brincaba unas cuantas, estoy segura. Así que tal como nos recomendaron en ATENDA, cenábamos juntos y hacíamos sobremesa. A mí me obligaban a comer, por supuesto, pero a pesar de eso amé ese cambio. Lo amé. Otra de las recomendaciones es que tengo que comer lo que comen todos. No puedo elegir el menú. Tampoco puedo consumir productos bajos en calorías, ni siquiera chicles. Y tengo que cumplir con las colaciones, que son pequeñas porciones de comida entre las comidas principales. Obvio, nada que tenga edulcorantes.

Al comienzo me costó muchísimo tragar. Masticaba y masticaba y masticaba por minutos, y al momento de tragar dudaba entre hacerlo o escupirlo. Fue, tal como dijo Mariela, aprender a comer otra vez. El tema de la comida lo sufrí en ATENDA y en mi casa. Lloré cuando comí todo un plato de ravioles. Era una mezcla de orgullo con culpa.

Pero otros cambios me recontrarreventaron. Por ejemplo, les quitaron los seguros a todas las puertas —así yo no me podía encerrar—, quitaron espejos de cuerpo entero —incluso los del vestidor de mi madre—, todas las básculas desaparecieron y cerraron la puerta del gimnasio para que no tuviera acceso. No es que tuviera ganas de ir a hacer ejercicio, pero me sentía como una sospechosa dentro de mi propia casa, que hubiera áreas restringidas para mí me hacía sentir que no formaba parte de la familia. Encima me controlaban si hablaba por celular, y eso que le quitaron el chip y me cambiaron el número.

A veces pensaba en las Princesas, pero no tanto. En realidad, estaba dolida de que ninguna de ellas me hubiera llamado. Sé que es obvio que no me quisieran ni ver y ya había más que entendido que no eran chicas que se dieran por completo a una amistad, pero así y todo, mi mentalidad romántica y soñadora pensaba que había chances de hablar, aclarar todo, decirles lo triste que me habían dejado cuando las escuché criticar a mi prima en mi cumple, y bueno, perdonarnos y poder hablar sobre lo que nos pasaba.

Sin embargo, sé que Coti intentó contactarse conmigo varias veces... Mamá nunca me lo ocultó. Ella llamaba a casa, donde la orden era decir que no estaba disponible. También me envió mails y me buscó en el chat... Al menos hasta donde supe, antes de que me restringieran el acceso a internet durante un tiempo —que aunque corto, fue eterno para mí que estaba acostumbrada a conectarme permanentemente— mediante una clave que sólo activaban mi papá o mi mamá, ¡y se ponían como arañas a mi lado cuando entraba con la tablet! ¡Estuve tantas veces tentada de responderle! Pero eso hubiera sido dar un paso atrás y fallarles a todos y a mí misma. La orden era clara: no tener vínculos con quienes padecieran trastornos. Y Coti, obviamente, estaba dentro de esos vínculos prohibidos.

Pero la extrañaba. Y también la libertad que antes tenía. Tengo que reconocer que dormía mucho mejor. Mamá y Petra seguían al pie de la letra todas las indicaciones. Mi padre no. Y eso trajo graves problemas. Escuché varias veces discutir a mis padres y eso que la casa es enorme, pero uno cuando quiere escuchar, escucha. Papá estaba preocupado porque me retrasara con los estudios y pensaba que el programa en el que estaba, con ese régimen tan estricto, era un poco exagerado. Mamá se ponía furiosa y le contestaba de mal modo. Una vez le pidió que se fuera, porque su presencia distorsionaba mi recuperación. Él pidió perdón, pero había algo tenso entre ambos que era casi palpable en el aire. La culpa me carcomía, por supuesto. Hasta que una noche, se armó.

Estábamos cenando empanadas de jamón y queso. Mamá dijo que, según la tabla de ATENDA, tenía que ingerir al menos dos.

—¡Están riquísimas! —exclamó mamá. Sabía que esperaba mi confirmación.

—Sí, súper —dije, mientras terminaba de comer la primera de las dos empanadas que tenía en el plato.

Me toqué la barriga y dije:

—Están ricas, pero la verdad que esta que comí me cayó archipesada.

—Miki, no me vengas con historias. Una empanada hecha por Petra con masa casera, de jamón y queso, al horno, no te puede caer pesada.

—Bueno, Lau, estás traumada tú también. Si te dice que le cayó pesada, ¡le cayó pesada!

Mi madre lo miró como para matarlo. Después me miró a mí y me dijo:

—Te falta la otra.

—No puedo, en serio. Me cayó mal. Me duele la panza —dije, más segura después de la intervención de papá a mi favor.

—Bueno, mi amor, no la comas si no quieres. Te comiste una, está bien —me dijo papá, palmeándome una pierna.

A mamá le vino un ataque de furia mal. Nunca la había visto tan fuera de sí. Golpeó la mesa con el puño y le gritó a mi padre:

—¡Estoy harta! ¡Harta de que no quieras ver las cosas! Es más fácil estar ahí y no hacer nada, ¿no?, ¿eh? Es más sencillo pretender que todo sigue como antes, ¡que es la familia perfecta que le muestras a todo el mundo!

—Laura, ¿qué dices? ¿Estás loca? —gritó mi padre.

—Loco estás tú, ¡eres un egoísta! ¡Te importa más lo que piense el resto que la salud de tu hija! ¿No te das cuenta? ¿No te das cuenta de que está enferma? ¿Que esto la puede matar? ¿No eres consciente? ¿No entendiste todavía? —terminó diciendo mi madre, bajando el tono de voz—. Miki, bebé, perdónanos. No deberíamos discutir delante de ti.

—¿Y recién ahora te das cuenta? ¿Después de haberme gritado ese montón de disparates? —le reprochó mi padre.

—No son disparates, Gonzalo. Pero tú no ayudas en la recuperación de Micaela.

—¿Así que no ayudo? Y si no se mejora la culpa la voy a tener yo, ¿no? Perfecto. Hasta acá llegué. Me voy. No quiero ser el culpable de que a mi hija le pase algo.

—¡Papá! —le supliqué, angustiada.

—Déjalo, Micaela. Tu padre y yo hablaremos después como adultos que somos. Ahora quiero que termines tu comida.

—¡Ja! Me voy de casa y a ella le preocupa una empanadita. ¡Estás mal de la cabeza, Laura!

Mi madre no le contestó. Me miraba esperando a que yo tomara la empanada y comenzara a comerla. Eso hice, mientras mi padre se levantaba de la mesa y subía la escalera rumbo a su habitación.

—¿Qué va a pasar ahora, mamá? —pregunté—. ¡Esto es por mi culpa! Si yo no hubiera…

—Shhh... Esto no tiene relación contigo, sino con cómo él se toma su rol de padre. Es complicado. No importa. Me preocupas tú, y yo no voy a bajar los brazos. Te lo dije desde el primer día que supimos la verdad. Yo no me voy a ir. No voy a estar ausente. Como sea voy a estar en esto para que salgamos adelante.

Mi padre volvió con una maleta en la mano y me dio un beso.

—Te quiero, Mica. Después hablamos. Voy a estar en casa de la abuela.

Me despedí de él como pude. No terminaba de comprender si se iba por un día, dos, o para siempre... Se me había cerrado el estómago y esta vez era en serio. Pero sabía que era mejor ir masticando despacio la empanada que me faltaba.

¡Extrañaba tanto a Franco!

—Bebé, no pongas esa cara. Tu padre va a volver.

—¿Y cómo sabes? Tú le dijiste cosas horribles. ¡No tendrías que haberle dicho que era egoísta! ¿Y si no vuelve más? ¡Yo me muero si no vuelve! ¡Por tu culpa! —dije, angustiada y al borde del llanto.

—Mira, Mika, tu padre puede ser muy egoísta y muy gallito, pero tiene algo especial: cuando piensa y evalúa con tranquilidad las cosas, y comprende que se equivocó, también sabe pedir perdón y dar marcha atrás. Es inteligente. Me ama y los ama a ustedes, sólo tenemos que hablar con calma. Las cosas se van a solucionar.

La casa quedó más rara que nunca. Entre todos los cambios que había sufrido, ahora se sumaba que mi papá no estaba. Fue el momento en el que quise desaparecer para siempre.

Mi reacción fue la de una niña pequeña, perdida, que anhelaba ser lo suficientemente diminuta como para volver a caber en el útero de la madre y no preocuparse por nada.

RENACER con todo

Nada ni nadie, ni siquiera Franco, me hizo sentir bien. La ida de mi padre me pegó mal. Franco me dijo que eran cosas que podían pasar, que ya sabía cómo era todo en casa, que esto, que aquello. ¡Claro, como él estaba lejos qué le importaba! Yo, en cambio, estaba acá, respirando todo eso. No entiendo cómo lo tomó tan tranquilo. Creo que mamá lo había llamado antes. Creo no, lo sé. Y le debe de haber explicado. Pero así y todo, yo estaría histérica… y más a la distancia, que sientes que menos puedes hacer. Pero Franco ni ahí.

Dos noches después, luego de pensar y pensar, me escapé. Esperé a que Petra y mamá se durmieran y desconecté la alarma. Llamé un taxi y me fui a casa de la abuela Clopén. Cuando llegué al edificio, saludé al portero, que me preguntó asombrado qué hacía a esas horas. Sólo sonreí, para no tener que explicarle nada, y subí al departamento. Papá abrió la puerta, algo que me llamó mucho la atención porque siempre abre Dorita, la mucama de hace mil años de mi abuela. Seguro ambas estaban durmiendo. En mi locura, no me percaté de lo tarde que era. Me abrazó fuerte y yo a él. Sentí su olor y automáticamente me reconforté.

—Papi, te extraño. Sé que mamá te dijo cosas horribles, pero también sé que te ama. ¿Vas a volver? Porque mira, yo ya hice un plan...

—Para, para, Mica, más despacio. Estás demasiado acelerada.

—Sí, no, bueno, lo que sucede es que... no tolero saber que mamá y tú están peleados y ni se hablan.

—No, no, Miki, mi amor, mamá y yo estamos distanciados, nos dimos un espacio, pero estamos hablando... Quédate tranquila. Si tu miedo es que nos odiemos, desde ya te digo que no es así, pero hay asuntos que son de grandes y que lleva su tiempo resolver.

—Ah, okey, entiendo, sí... —dije, dubitativa. Y volví a arremeter con verborragia—: Mira, pa', mi plan es que yo prometo dar todo para ayudar a mejorar y ustedes no tendrían más problemas por mi culpa, entonces...

—No es por tu culpa, Miki —me dijo, acariciándome el cabello—. Adoro a tu madre. También yo le he dicho cosas espantosas. Esto que te pasó tiene que ver con nosotros como padres. Con los dos. Por mi parte, siento que te fallé, que no estuve en muchos momentos en que debería haber estado, ¿entiendes?

Asentí, no muy convencida.

—Para que no te sigas haciendo más líos en esa cabecita, te cuento que mamá y yo vamos a empezar una terapia juntos, para que nos guíen, nos ayuden en todo este proceso.

226

—¿Pero entonces vas a volver a casa? —pregunté, esperanzada con una sonrisa repentina.

—Eso se verá. Pero también quiero que sepas que tu madre tenía razón cuando dijo que era un egoísta. Tendría que haberla apoyado más. Mariela fue muy clara ya en la primera entrevista, sobre eso de que en la casa se debían cumplir las recomendaciones. Y lo cierto es que yo, en un montón de cosas, aflojaba o me enojaba con mamá porque sentía que ella exageraba cuando sólo te estaba protegiendo, cuidando, siguiendo las indicaciones… —de repente miró el reloj—. ¿Mamá sabe que estás acá? —negué con la cabeza—. Lo suponía. Bueno, vamos a llamarla para avisarle. Ahora te llevo a casa.

—Y tú ¿cuándo vas? Me dices así… «se verá», y quedo peor.

Me acarició el cabello.

—Te entiendo, amor. Mamá y yo tenemos que hablar más a fondo. Pero quiero que me prometas que te vas a centrar en tu recuperación. Sería el regalo más grande que podrías hacerme.

Nos abrazamos. Y de repente se me ocurrió algo.

—Pa', yo sé que a ti te preocupa que pierda el año escolar, pero te prometo que voy a esforzarme, voy a empezar a estudiar para pasar las materias. Y a lo mejor así te dan más ganas de volver…

Mi actitud infantil me avergonzaba, pero a la vez sentía que no tenía otras herramientas para actuar, para expresar lo que me pasaba, lo que sucedía en mi corazón y lo confundida que estaba.

—No lo hagas por mí, en todo caso, si lo vas a hacer, hazlo por ti. No te exijas más de lo que puedes, Micaela. No me importa que pierdas un año, me importa que no pierdas tu vida, tu salud, eso es lo importante.

—Quiero hacerlo. Siento que tengo esta oportunidad de renacer. Ya sé que es una palabra poética, pero… Bueno, después de que te fuiste es como que me di cuenta también de muchas cosas, de que las personas pueden cambiar y, no sé, como mamá, reaccionar así cuando yo la necesité. No hubiera pensado nunca que ella iba a ser mi sostén… porque siempre estaba ocupada, como tú. Pero ahora… Ahora sé que cuento con ustedes y eso me hace más fuerte —dije, emocionada y con un hilo de voz.

—Mi amor, siempre vas a contar con nosotros. Yo sé que mis errores ahora…

—No, no, papá. Ya pasó.

A partir de esa charla, y aunque mi papá no volvió a casa, me dediqué a estudiar para algunos exámenes extraordinarios que iba a presentar. Siempre fui una excelente estudiante hasta que la concentración se fue perdiendo por la falta de alimentos. Así que cuando tomé el ritmo otra vez, no me costó mucho centrarme en los libros y los apuntes. Tiempo después de comenzar en ATENDA me di cuenta de que había dado un giro recontraimportante: volví a escribir un poema en mi rincón mágico.

Vacío, pánico, miedo
me torturan sin piedad,
pero hoy cuento contigo
¡y cambiará mi realidad!

Mis padres me dejaron seguir yendo al merendero los sábados, aunque antes hablaron con Esther, la psicóloga de ahí, y
la pusieron al tanto. Ella se comprometió a cuidarme mientras
estuviera ayudando. También ATENDA puso su condición y fue
que Elianne acudiera conmigo. Volver me hizo bien.

Allí conocí a una chica, Sofía, y con Sebastián, un amigo del merendero, fue con quien le planeamos su cumple de
quince. ¡Qué hermoso, además, cuando me enteré de que Sofi
y él empezaron a andar! A Seba lo quería un montón y Sofi me
caía superbién… Me gustaría, algún día, tener un amor tan
lindo como el de ellos.

La gimnasia artística no la extrañé ¡para nada! ¡Se ve
que estaba reeeeharta de verdad! Incluso le pedí a mamá que
donara las medias, las mallas y todo lo que usaba para los en-
trenamientos.

¡Ah! La mayor parte de la ropa que me habían comprado el último año desapareció. Bueno, la hice desaparecer. Fue
a pedido de ATENDA, debía comprarme ropa dos o tres tallas
más grandes de las que venía usando. Dicen que si seguía con
esa ropa en el clóset me iba a tentar probármela y si no, me
quedaba la angustia y me iba a atrapar otra vez. Era como un

círculo vicioso. Muchas de las chicas que conocí en el centro de ayuda usaban la ropa como forma de medirse porque, obviamente, las básculas estaban prohibidas en los hogares.

Tarde o temprano las descubrían y se armaba terrible desorden. Las chicas lloraban, amenazaban con irse del centro, con irse de la casa, con cualquier cosa... Yo las entendía y sabía exactamente lo que estaban sintiendo: miseria, desesperación, angustia, culpa... Así que las abrazaba, hablábamos, llorábamos juntas, formando un bloque de puro corazón y solidaridad.

No fue extraño que sintiera en ese momento la enorme necesidad de llamar a mi prima Belén y pedirle perdón.

Belu estuvo todo el tiempo en contacto con mi mamá, preocupándose por mí. Aunque yo lo sabía, porque mi madre me contaba, la ignoraba abiertamente. Cuando papá se fue de casa y emergieron tantos sentimientos encontrados, me llevó un tiempo procesar todo, hasta que por fin entendí lo que ella hizo. Es mi prima del alma, mi amiga, mi confidente, mi *hermana*. Y supe que tuvo el coraje de enfrentar mi enojo y distancia, mi rechazo y mi odio aparente, simplemente por una cosa: me quería tanto como yo a ella.

—Está bien, Mica, está bien —me consolaba Elianne—. Todas tenemos momentos de debilidad. Y los vamos a seguir teniendo, es una lucha para toda la vida. Pero juntas, podemos. Vas a ver.

—No sé si pueda… Ya te conté de ese chico que me gustaba y que me ilusionó, y me dejó, y… y… por mi culpa mi padre se fue de mi casa, y me dijo que iba a volver, pero todavía nada —contesté yo, entrecortada.

Había intentado evitar comer la colación de la tarde porque ese día me sentía gorda.

—Shhh. No vale la pena que pienses en eso. Puedes pesar veinte kilos y te aseguro que ese chico te iba a dejar igual. El amor no pasa por la báscula. Tal vez tú te habías ilusionado solita y él no estaba tan interesado…

—Eso me decía mi prima —reconocí.

—Y lo de tu papá, te entiendo, pero no hay mucho que tú puedas hacer. Es un tema de los padres, no de los hijos.

—Eee-ssstán yendo a terapia… —logré decir.

—¡Eso es genial! Mira, vamos a secarte esas lágrimas y a pensar en alguien que te inspire. A mí siempre me sirve pensar en alguien…

—No tengo a nadie que me inspire —le aseguré, todavía sollozando.

—¿En serio? ¿Te ayudaría saber que hay una chica súper, súper, superfamosa, hermosa, sexy, millonaria, talentosa… que sufre desórdenes alimenticios e hizo una rehabilitación como tú y como yo?

La miré, con gesto cansado y expresión obvia:

—Ya sé, Demi Lovato.

—Ajá.

—Lo sabía, te dije.

—¿Prestaste atención a la letra de su canción, *Rascacielos*? La compuso luego que salió de rehabilitación y es un tema que me inspira mucho… porque habla de nosotras, de lo que debemos hacer.

Pensé y negué con la cabeza, a la vez que le contestaba:

—Obvio que escuché la canción, pero así como prestarle atención a la letra, no… —reconocí.

Elianne sacó su mp3, buscó el tema y me dijo:

—Siéntate tranquila, en el sillón, cierra los ojos y escucha. ¿Harías eso por mí? Es lo único que quiero pedirte hoy.

Me encogí de hombros y asentí. Me dio un abrazo y me tiré en el sillón mullido de Atenda, que está al costado de una ventana alta. Puse play y comenzó mi transformación. La sentí. La voz dulce de Demi Lovato me inundó el alma mientras la escuchaba cantar:

Puedes llevarte mi ilusión,
romperme todo el corazón,
como un cristal que se cae al suelo.
Pero te juro que al final
sola me voy a levantar
como un rascacielos.

Siempre había imaginado que se lo cantaba a un amor, a un novio o algo así, pero cuando la escuché, sabiendo que se refería a lo que yo también sufría… me dejó sin palabras y me dio la fortaleza para levantarme y querer, esta vez, salir adelante como ella lo hizo. Si ella pudo, yo también. Si ella se atrevió a volver a comer para mejorar, batallando contra las críticas de millones de miradas en el mundo, entonces yo también.

Desde ese momento en adelante, su vida fue una motivación para la mía. Comencé a anotar frases, a mirar documentales sobre su enfermedad, sobre sus caídas, sobre su lucha, sobre la gente que la criticaba, pero también sobre la inspiración que generaba y genera en miles de adolescentes del mundo, y comprendí que yo era una más a la que ella, sin saberlo, estaba ayudando a renacer. También yo, me prometí, me mantendría fuerte.

Me hice fanática y hasta puse su música en la fiesta de quince de Sofi, poco antes de dejar el merendero. El merendero era la única actividad de mi vida anterior que seguí haciendo durante un tiempo; al final me acompañaba Elianne. Pero mis papás, junto con ATENDA, decidieron que abandonara el voluntariado hasta que estuviera recuperada. Extrañé mucho a los niños, a Ethel, a Sofi, a Seba, a Carmencita... pero sabía en mi interior que todo lleva su proceso y que cuando estuviera en condiciones de volver, lo haría.

Llevaba en mi cartera un recorte de la imagen de Demi que saqué de una revista, para darme fuerzas. Si en algún momento me sentía miserable, la miraba. Y sentía que su mirada me decía: «Micaela, tú puedes. Mantente fuerte». *Stay Strong*, como el tatuaje que ella se hizo en las muñecas.

En la web, me uní a su campaña El amor es más fuerte que la presión de ser perfecta. Con asombro, descubrí que muchas famosas también se habían unido y que varias habían pasado por lo mismo. Me contacté con chicas de diferentes culturas y creamos un grupo de ayuda contra *Ana* y *Mia*, como conocemos en la intimidad a la anorexia y la bulimia.

No había dudas de que mi vida había comenzado a cambiar, sin embargo, sentía que algunas heridas aún no cicatrizaban... Lo de Coti, lo de Teo. Todo me daba vueltas... y me dolía. Debía comenzar a curarme. Tenía que empezar a levantarme alta, fuerte y grande como un rascacielos.

Desde el primer momento en que se descubrió la verdad, quise llamar a Coti. Pero las cosas se dieron tan rápido que, cuando reaccioné, ya estaba siguiendo la orden de

Atenda de cortar todo tipo de vínculo con amistades o personas que sufrieran de desórdenes alimenticios. Sin embargo, esperaba ansiosa averiguar algo de ella. Con sólo saber que Coti intentaba comunicarse conmigo, me hacía sentir mejor. Pero por supuesto, luego que mamá fue a hablar con Estela, no sabía cómo iba a reaccionar... A pesar de todo, sus intentos de contactarme siguieron y eso en principio me puso feliz, porque significaba que no se había enojado. Evidentemente ésa no fue la realidad...

Traidora.

La palabra me suena espantosa. Sé que la mandé al frente, pero no por traidora, sino por su bien... por nuestro bien... porque la quiero ver sana, porque quiero que la cuiden, como lo están haciendo conmigo. Pero por sobre todo para que volvamos a ser quienes fuimos, quienes éramos, esas niñas que crecieron juntas y pasaron por mil cosas, pero siguieron unidas. Para volver a reírnos de cualquier asunto, como antes, y para hablar de temas que no fueran las calorías o la pérdida de peso.

Claro, si le digo esto ella enseguida va a argumentar que lo que siento es envidia. Y nada que ver, pero ¿cómo se lo hago entender?

Ahora todo el mundo debe de estar diciendo lo peor de mí. ¿Tengo que salir a defenderme? ¿O es preferible callarme y hacer de cuenta que no leí nada?

No, eso es imposible. La gente va a empezar a preguntar.

Me siento mucho más fuerte ahora. Sé que no debería hacer lo que voy a hacer, pero… pero también creo más en mí misma y en mis instintos.

Tengo que hablar con Constanza.

¡TRAIDORA es ella!

En el cel, que acabo de encender, tengo no sé cuántas llamadas perdidas de Belu. Pobre, debe de estar repreocupada con lo que leyó en Twitter. Mejor la llamo primero a ella. Contesta a la primera:

—¡Primitaaaa! —comenzó diciendo y, casi sin respirar, me soltó el resto que tenía para decir—: Mira, leí lo que esa «bestita tuya» te puso en Twitter y obvio que me imagino por lo que es, porque dijiste la verdad, pero mira, y disculpa que te diga mira, pero estoy muy nerviosa, y eso que yo no soy de estar así, pero…

—¡Basta, Belu! Me estás enloqueciendo —le digo, riéndome. Es increíble cómo logra sacarme una sonrisa en un momento en que me siento tan… tan mal.

—Uy, perdón, ¡perdoncito! —ruega—. Es que soy medio bestia, ni siquiera sé si sabes, porque como no tienes internet, bah, no te dejan conectarte, bah, no puedes conectarte cuando quieres, bah, no…

—¡Ayyy!, ¡basta! ¡Cállate y déjame hablar! ¿Puede ser? —le contesté, todavía apabullada por la voz de Belu que no paraba un segundo.

—Sí —dijo, controlándose para no seguir hablando ella.

—Te explico, mamá habló con Mariela y estuvieron de acuerdo en comenzar de a poco a darme más espacio en internet. Como ven que avanzo, que estoy poniendo todo de mí, Atenda y mis padres están comenzando a darme algunas libertades, como lo de internet.

—¡Buenísimo!

—Sí. Y te iba a contar eso por chat, que desde hace un par de días me puedo conectar sin supervisión durante dos horas al día, porque estaba supercontenta. Es un avance grande, como que empiezan a confiar en mí otra vez. Bueno, no es que no confíen, pero tú me entiendes…

—Claro, claro.

—Y cuando estaba por decírtelo tuve que cortar el chat de golpe porque supuestamente mamá me llamaba para comer.

—Cierto.

—Bueno, era mentira. La verdad es que había leído lo de *traidora* y quedé angustiada… Entonces preferí calmarme un poco antes de llamarte. Y nada, por eso te llamo ahora, porque sé que estarás como loca con lo que leíste en Twitter y pensando que voy a volver a caer y todo eso. Te conozco. Y como quiero que te quedes tranquila, no te voy a negar que estoy hecha pedazos, porque mal o bien Coti era mi besta…

—¿Y yo? ¿No soy tu mejor amiga?

—Tú eres mi prima hermana y también una de mis mejores amigas. ¡Y además eres una celosa espantosa! —le rezongo, riendo.

—Bueno, está bien. ¡Uf! ¡Sigue!

—Quería decirte que por más que soy una indecisa, esta vez voy a hacer algo.

—¿Qué? —preguntó con voz temerosa.

—Voy a llamar a Coti.

—Pero…

—Pero nada, ya sé que no debería. Es mi amiga, o por lo menos era mi amiga. Sé que está mal, que en ATENDA me prohibieron hacerlo. También sé que para ella fui una traidora, pero tengo que aclararle al menos que no lo hice por su mal. No puedo cargar con esto en la conciencia.

—Puede decirte cualquier cosa, te lo advierto.

—Ya sé, pero a pesar de eso prefiero hablarle.

—Mica, ¿no piensas que es como traicionar la confianza que ATENDA y tus padres te están dando? O sea, ellos están apostando a que estás mejor, pero si a la primera haces algo que no deberías, capaz que te prohíben otra vez el uso de…

—Ya pensé en eso. Y me pasa que siento que debo arriesgarme. No le quiero fallar a ATENDA ni mucho menos a mis padres, pero en mi interior tampoco puedo vivir si siento que Coti piensa eso de mí. Tengo que hablarlo con ella directamente. Entiéndeme, somos amigas desde chiquitas… Ella es muy importante en mi vida. Además hay otras cosas que me enteré que… okey, no importa…

—¿De qué te enteraste? ¡No me dejes así!

—No, en serio, no puedo hablar de eso ahora. Ya te vas a enterar llegado el momento, pero sólo quería decirte que no te preocupes por mí, que voy a estar bien.

—¿Me prometes llamarme si te sientes mal, aunque sea un poquito?

—Te lo juro. Juramento de primas.

—Va.

—¿Quieres que le conteste a esa «princesasquerosa» o como se llame? Porque mira que le puedo hacer un lío por chismosa y metiche, porque nadie se merece que sin conocer estén diciendo que…

—¡Shhh! —no paro de reírme. Me hace bien esta risa antes de afrontar el momento en que tengo que hablar con Constanza—. Me quedó clarísimo todo, Belu, ahora te dejo. Después hablamos o chateamos, tú tranquila.

—Alto, alto. ¿Comiste el dulce casero que te mandé? ¡Mira que estuve siglos hirviendo esa calabaza! Mamá me ayudó un poco, pero lo hice casi solita, para ti.

—Eres una divina total. Sí, lo probé y está deli. Voy paso a paso… no me apures.

—No, no te apuro, sólo te preguntaba. ¿Te acuerdas que te quiero?

—Sí, me acuerdo todo el tiempo, porque yo también te quiero.

Corto la comunicación y todavía sigo pensando. ¡Esta Belén es un caso! ¡Hasta se ganó la aprobación de la abuela que es una heavy! Las veces que la vio quedó confusa con los movimientos y el hablar sin parar de mi prima. Le preguntó a mamá si «esa niña era normal». Y cuando le confirmaron que sí, que era normal, torció la boca, ladeó la cabeza y dijo: «Bueno, hay que reconocer que tiene potencial, pero falta pulirla bastante». Aunque para otros eso puede ser un agravio, ¡juro que viniendo de mi abuela es todo un halago!

Respiro hondo y llamo al cel de Constanza. El corazón me late a mil. Cada timbrazo es un *pum* en mi alma. Me doy cuenta de que, sin querer, estoy apretando al pobre aparato y que los nudillos, me quedan blancos.

El buzón… No puedo creerlo. No está o no me quiere atender. Más bien calculo que no me quiere atender. O no reconoce el número, claro. Porque no tiene el nuevo.

Pruebo en Face, a ver si actualizó algo recientemente. Sí, hace dos horas.

Vuelvo a tomar coraje y llamo a la casa.

—¿Hola?, familia Sallieris Contreras —contestó Delia.

—Hola, Delia, habla Micaela.

—Hola, Mica, ¿cómo estás? ¡Hace tanto que no te veo por acá!

—Sí, un montón… Emmm, ¿Coti no le contó nada?

—No, ¿de qué?

—No, nada, nada. Olvídelo. ¿Ella está?

—Sí, a ver, espérate que la llamo.

Escucho los pasos de Delia.

—¡Cotiii!

—¿Quéee?

—Teléfono. Es Mica.

Un silencio… y de repente se oye:

—Dile que me estoy bañando.

Listo. Clarísimo. No me quiere ver, pero tampoco quiere hablarme.

—Mica, dice que se está bañando.

—No hay problema, Delia, muchas gracias.

—¿Le digo que te llame?

—No, no hace falta. Gracias. Un beso.

—Otro para ti.

Pienso, pienso, pienso… ¿Cómo puedo hacer para hablar con ella? ¡No voy a quedarme tranquila hasta lograrlo! Estoy dispuesta a soportar que me diga cualquier cosa, pero no quiero quedarme callada.

Siento el *tilín* de entrada de un mail. ¡Es de Franco! Mi hermano, desde que se enteró de todo lo que estoy viviendo, no deja de llamarme o mandarme un mail ni un solo día. Es más, es tan, tan loco que hasta me dijo que si quería, él se regresaba a Uruguay para apoyarme. ¡Como si yo fuera a dejar que hiciera eso!

Otra vez mi instinto de bruja… ¿Por qué algo me dice que en este correo hay una bomba?

Miki:

¿Cómo te sientes hoy? ¿Más fuerte? Mamá y papá me dijeron que ya eres otra, estoy deseando volver en las fiestas para verte y comprobarlo por mí mismo.

Hermanita… hay algo que no me animé a contarte hasta ahora. Prefiero decírtelo porque ya no aguanto no saber… Me estoy volviendo loco: Coti y yo nos involucramos en secreto. Fue en la fiesta de tus quince que me animé a encararla.

Sé que soy de terror en contarte todo esto por mail y te pido perdón, pero no me da para hacerlo por teléfono o por Skype. Sí, llámame cobarde, ¡que me lo merezco! Pero, Miki, ahora necesito tu ayuda. Estoy lejos y no tengo forma de saber si Coti está bien o si… bueno, tú sabes. Yo le estuve hablando un montón, pero… Estoy preocupado. Hace una semana que no me contesta ni me responde los mails. ¡Ayúdame, plis!

Te recontraquiero.

Franco.

Pd. no me odies!

¿Cómo te voy a odiar? ¡Mier…! ¡Sólo te quiero matar! ¿Así que de novio con mi mejor amiga? ¿Y ella, tan santita, que

243

ni mu me dijo? ¡Con razón cuando se fue Franco ya ni quiso venir a casa! No venía por mí, sino para verlo y coquetear con él, haciéndose la linda, seguro. Ahora todo me cuadra.

Mi hermano y mi mejor amiga… ¡pero qué bárbaro! Al final, ¿quién es la traidora de esta historia? Al menos lo que hice yo fue con buena intención, pero ¿ella? Y hasta ahora con la versión de «ese chico que me gusta», y «ese chico que se muere conmigo» y… ¡Ayyy! ¡Qué coraje! ¡La agarraría de los pelos!

Con Franco también estoy enojada, pero estoy más enojada con Coti. Ella no me dijo la verdad, ¡no me dijo que *el chico* era Franco! Me mintió mal.

¡Ja! Y todavía tuvo el coraje de ponerme *traidora*… No, no… ¡No tiene vergüenza!

Ahora sí, ¡que la encuentro, la encuentro! Si es necesario me planto en la puerta de su casa hasta verla salir. ¡De ésta no se escapa!

con el CORAZÓN en la mano

Más vale que primero a lo primero, o sea, acá tengo que encarar a Franco, sangre de mi sangre y tan traidor como la traidora… Me cuesta pensar en él como un traidor, me cuesta… Más que me cuesta me lastima, me duele, me hiere. Es mi hermano. Es quien me apoyó y me protegió toda la vida… ¿Cómo pudo hacerme esto? ¿Cómo se atrevió siquiera a ocultarme algo así? Y sobre todas las cosas, ¿por qué? Que haya tenido miedo a que lo rechazara o no aceptara la relación, sí, está bien, es un motivo. Porque siendo honesta conmigo misma, lo cierto es que si me hubiera encarado con la verdad, creo que yo hubiera reaccionado bastante mal… Pero no decirme nada… vivir esa relación a mis espaldas… ¡no puedo no sentirme traicionada por él! Encima, en ese correo ni comentó nada de lo de mamá y papá… como si no le importara. Como si lo único que importara en el mundo fuera él y Coti.

Miro el reloj. Tenemos una diferencia horaria de varias horas, así que sé que allá es tarde. Sin embargo, no puedo esperar a mañana. Me tiene que escuchar. Tiene que saber lo que estoy pasando por su culpa, por su mentira, por su complot con esa mejor amiga en la que tanto confié en el pasado.

245

Lo llamo y espero que conteste. Suena y suena. Estoy por colgar cuando una voz semidormida me dice:

—Yeah, hi.

—Soy yo, Micaela.

—¡Miki! —grita, ya completamente despierto, de golpe.

—Voy al grano, Franco. ¿Qué me hiciste?

—¿Dices por lo de…?

—Sí, tú sabes por lo que te digo. ¡Me mentiste, me ocultaste cosas! Yo confié siempre en ti, fuiste mi soporte toda la vida y ahora, ahora… —sin querer, mi voz se fue perdiendo en un mar de lágrimas.

—No, Miki, por favor, ¡no lo veas así, no lo veas así! Te juro que jamás quise herirte, ¡nunca! Tenía terror de que no aceptaras lo de Coti, y yo no te quería herir. Y por eso…

—Pero ¿cómo pudiste? ¿Cómo pudiste fingir ante mí, en todo? ¿Cómo pudieron los dos hacerme esto?

—Coti no tiene la culpa, no la culpes… Fui yo el que no quiso decir nada…

—Claro, ahora la santita es ella, ¿no? ¡Ahora la defiendes a ella! Para que te enteres, tu santita acaba de poner que soy una traidora en Twitter, cuando la traidora acá tiene nombre y apellido, ¡y no soy justamente yo! —grité, ofendidísima y dolida, ya sin razonar nada de nada.

—Miki, escúchame, cálmate…

—Cálmate, cálmate, ¿es lo único que te sale decir? ¡Si ni siquiera te importa lo de mamá y papá!

—¡Me importa! ¿Cómo no me va a importar?

—¿Ah, sí? Porque no se nota. Lo único que se nota es que para ti el mundo gira alrededor de Constanza y no te interesa nada más.

—Me mata escucharte decir esas cosas, Miki…

Enseguida me arrepentí de haber sido tan dura. Pero no iba a dar marcha atrás. Se hizo un silencio tenso y fue cuando él me dijo:

—Tengo algo más que confesarte. No quiero que estés así conmigo y tengo que decírtelo.

—Ah, sí, el señor quiere confesar otra cosa, ¿a ver? ¿Qué puede ser la otra cosa? No me interesa nada…

Franco me cortó la frase.

—Me nace pedirte perdón. Perdón con mayúsculas. Perdón de corazón. Si me dejas, yo quiero explicarte por qué hice lo que hice… Por qué te oculté esto de Coti.

No podía hablar. Entre el llanto, la decepción, pero también la alegría que sentía al percibir a mi hermano tan preocupado por mis sentimientos, por mi reacción, por mi dolor, hizo que la garganta se me secara y tuviera que carraspear para continuar. Pero siguió hablando él.

—Coti te lo quiso decir de entrada, ¿sabes? Me dijo que era un tema de lealtad entre amigas y todo ese rollo, pero el cobarde fui yo. Pensé que además de que tú capaz que te enojabas mal conmigo, tal vez la relación con Coti al final no fuera tan importante y todo se podía pudrir contigo por algo

247

que no valía la pena. Así que empezamos la relación y yo interiormente esperaba desenamorarme de ella para no tener líos contigo y que todo quedara ahí.

—Okey, pero eso también hubiera sido mentirme…

—Ya sé, pero lo sé ahora. En el momento no pensé bien nada… yo qué sé, Miki, uno no razona tanto las cosas, uno lo que no quiere es que quienes aman sufran y por eso a veces elegimos opciones que no son las mejores…

—…

—Bueno, el problema es que no sólo no me desenamoré de Constanza, sino que me metí cada vez más. Ella para mí es muy importante y, si te soy sincero, no la quiero perder.

—Pero entonces, ¿la amas? ¿Así como aman los adultos? ¿Cómo se supone que se aman, o más bien se amaban, mamá y papá?

—No sé cómo es eso de los adultos, yo sólo siento que quiero estar con ella, protegerla, quererla, cuidarla. Quiero compartir desde tonterías hasta cosas importantes. ¡Qué sé yo! Explicar lo que siento es difícil y más explicártelo a ti que eres mi hermana menor.

—Siempre confiaste en mí…

—Y siempre voy a confiar. Me equivoqué, hermanita. Es una lección que aprendí muy bien. Te amo, para mí eres mi otro pie. Eres con quien voy a seguir compartiendo mi vida pase lo que pase. No hay nadie que pueda suplir tu lugar de hermana. Y no quiero seguir escuchándote llorar —terminó diciendo, con la voz quebrada él también. Lo conozco y sé exactamente cuando está conteniendo el llanto.

—…

—Por favor, Miki, dime que me perdonas y que me quieres. No sabes lo difícil que es todo esto para mí, estando tan lejos.

Era imposible no decírselo… Es mi hermano y lo adoro. Tampoco quiero que sufra y me lo imagino a la distancia, con terrible carga de impotencia por no poder hacer nada, y me dan ganas de cruzar el océano para abrazarlo.

—Está bien, bobo, te perdono. Y te quiero.

—Ya con el *bobo* veo que volviste a ser la de siempre —dijo, con la voz más aliviada.

—Nunca cambié. Capaz que por fuera, pero interiormente mi corazón siempre fue el mismo.

—No quise decir eso.

—Bueno, okey, no sigamos. Voy a hacer algo sólo para que veas que yo sí te quiero.

—¿Qué?

—Voy a contactar a la traidora esa y…

—¡No le digas así!

—Bueno, a «tu» Coti y voy a averiguar por qué no se comunicó más contigo.

—Gracias, Miki, eres la mejor hermana del universo.

—Ya sé —le dije, presumida.

—¿Me dijiste que Coti había puesto que tú eres una traidora? ¿Pero por qué?

—¿Quieres que te diga la verdad? ¿Sin anestesia?

—Sí.

—Por tu mail me di cuenta que algo sabías. Supongo que hablaste con mamá o papá, y ellos te contaron…

—Sí, Miki, mamá me llamó enseguida. Y aunque no sabe lo mío con Coti, conversando me dijo que iba a ser difícil para ti estar lejos de ella. Yo al principio no entendí por qué, pero cuando siguió hablando y contándome que ese grupo de huecas… eh, perdón, que ese grupo de amigas tuyas, las Princesas, estaban con la misma problemática que tú y que Coti también tenía serios problemas, fue sumar dos más dos. Y llamé a Coti al instante.

—¿Y qué te dijo?

—Nada, o sea, cuando la fui notando más flaca, ella me decía que eran los nervios de los exámenes. Pero cuando la enfrenté por cel, se puso como loca, agresiva, me culpó de no quererla, de hacer todo su sacrificio para llegar a la perfección o algo así, y que era en parte por mí, y no sé cómo, pero hasta me sentí culpable.

—Pero… ¿tú qué le recomendaste?

—¿Qué le voy a recomendar? ¡Que la revisen! ¡Que busque ayuda! El tema es que ella me aseguró que no era nada grave, que yo estaba obsesionado por lo que vivías tú, pero que ella nada que ver, que no era para tanto lío, que yo era un exagerado. Así que no supe bien qué pensar… Pero ahora estoy recontrapreocupado… ¡Es como si se hubiera esfumado! ¿Tú sabes algo? ¡Dime la verdad!

Pensé… él evidentemente no sabía o no quería entender la gravedad de lo de Coti. De todas maneras, antes de contarle todo necesitaba hablar con ella, porque lo cierto, cierto, cierto es que tal vez estuviera mejor y yo no lo sabía, si no tenía idea de su vida hacía tanto…

—No, no sé nada de cómo está ahora.

—Pero no se pelearon, ¿o sí? Con lo buenas amigas que son y que siempre se aguantaron todo juntas… Digo, por más que estén separadas ahora…

—Ay, niño, tú eres el menos indicado para hablar de mejores amigos y peleas. Como dice Petra, ¿por casa cómo andamos?

—No te entiendo.

—«Hello, hello.» A ver si te suena el nombre Teo.

Se hizo un silencio que me puso nerviosa. No esperaba que mi hermano demorara en reaccionar. Es más, pensé que iba a saltar enseguida diciendo que Teo era esto o aquello, bah, lo de siempre cuando dos por tres se peleaban, sin embargo, ese silencio me preocupó muchísimo.

—¿Sigues ahí?

—Sí.

—¿Qué pasa? ¿Por qué no hablas?

—Pasa que el tema de Teo es otra de las decisiones malas que tomé, pero por egoísta.

—¡Ahora sí que te entiendo cada vez menos! Y a él también, te digo, porque yo no sé qué habrá pasado entre ustedes, pero no da para que me baje la cortina a mí también, que no le hice nada. Porque no sé si sabes que nunca más me habló, aunque con Belu es un divino… Hasta sospecho que está muertito por ella.

—No, no.

—¿No?

—No. Es otra cosa… pero acuérdate sólo de algo: cuando él te llame o se comunique contigo, recuerda que el imbécil fui yo.

—Por favor, ¡estás de divague en divague, m'ijo!

—Sólo eso te digo. Vas a entender todo cuando hables con él.

—Bueno, que espere sentado porque yo no lo pienso llamar. Así como se borró, si quiere, que aparezca.

—Va a aparecer. Muy pronto seguro vas a recibir algo de él. Yo me voy a encargar de que eso pase.

—Alto, no te vuelvas loquito, sólo te pregunté por Teo, ¿por qué tanta historia?

—Vas a entender. Tú déjame a mí que voy a tratar de empezar a arreglar todas mis metidas de pata.

—Está bien, si tú lo dices…

—Bueno, hermanita, te quiero.

—Y yo a ti. Te juro que ahora me siento más aliviada... necesitaba hablar contigo. Te extraño mucho. Paso por tu cuarto y se me encoge el corazón. Y ahora que papá no está en casa...

—Yo también te extraño... Extraño todo... En realidad no sé cómo voy a hacer para seguir acá, lejos.

—Ojalá cambiaras de idea.

—Quién sabe si no cambié ya...

—¿Eso quiere decir...? —pregunté, ansiosa.

—No, todavía no quiere decir nada. Tú encárgate de averiguar lo de Coti, es el único favor que te pido.

—Quédate tranquilo. Te llamo cuando sepa algo. Te quiero.

—Yo también. Y recuerda lo que te dije, el imbécil fui yo.

—Seee, seee. ¡Loco, eso es lo que eres!

Cortamos la comunicación con risas, pero mi interior quedó lleno de interrogantes. Había cosas que todavía faltaban por sacar a la luz, pero no sabía de qué se trataban.

más INCÓGNITAS cada vez

La charla con mi hermano me había dejado cansada… Muchas emociones, muchos sentimientos en juego, muchas confesiones. Y, sin embargo, también me había dejado con una gran curiosidad. No entendía para nada lo de Teo y las vueltas que dio mi hermano. ¿Estaban o no estaban peleados? ¿Por qué él se culpa de ser imbécil? ¿De qué habla? ¿Debería llamar a Teo y encararlo de golpe o sería meterme en un terreno que no me pertenece, ya que es la amistad entre mi hermano y él, no la mía? Pero lo extraño… es parte de mi familia y no me merezco que me haya hecho a un lado sin motivo. Debería disculparse, debería darme una explicación. Tendría que encararlo, sí. Pero no se me da.

Uf, ojalá fuera menos dubitativa.

Me tiré en la cama. Cerré los ojos y traté de no pensar. En ATENDA me enseñaron una técnica de relajación que es ir aflojando primero los dedos gordos de los pies y luego las rodillas, etc., hasta llegar a la cabeza. Supuestamente vas relajando los músculos, pero no hay caso. Seguía dura y con la cabeza que me trabajaba *chucuchucuchucu* sin parar.

Sin embargo, se ve que el cansancio me sumió en un sueño, porque me desperté con el timbre de entrada y el intercomunicador de mi cuarto. Apreté el botón y Petra dijo:

255

—Miki, tienes visitas.

—¿Quién es? Recién me despierto de una siesta.

—Teo.

Las piernas me temblaron. Pero ¡qué estupidez!

—Ah, gracias, dile que me espere cinco minutos en la sala, que mire tele mientras, que yo ya voy, ¿okey?

Me acomodé lo más rápido que pude, cepillándome los dientes, cambiándome la playera arrugada por la siesta, pasándome el peine y recogiendo mi pelo en una colita floja. Me miré en el espejo. No entendí mi reacción, qué tanta cosa, ¡era Teo! Pero, bueno, ¡hacía tanto que no nos veíamos!

Bajé haciendo un ruido bárbaro en los escalones, como saltando. Y vi a Teo de espaldas, frente a la tele prendida.

—Hola —le dije.

Se dio vuelta, sonrió y se paró. Estaba… no sé cómo describirlo, pero como mucho más grande, más… ¿adulto?

—Cambiaste mucho —me dijo.

Lo miré. Él también había cambiado un montón. Seguía con sus lentes tipo Joe Jonas, pero se había cortado el pelo y, cosa rara en él, usaba una camisa desabrochada y abierta sobre una playera holgada. Le quedaba tan lindo…

—Sí —contesté mientras cerraba la puerta del comedor y me sentaba al otro lado del sofá.

—Sé que estás mejor. Belén siempre me cuenta.

—Claro, con Belén estuviste hablando —le dije, molesta.

—Sí, básicamente de ti. Me preocupaba mucho tu estado.

—Ah, mira —le dije, con indiferencia. Y continué—: ¡No se notó para nada, te digo!

—Bueno, a eso venía. Justamente, yo…

—Está todo bien, Teo, o sea, eres el amigo de mi hermano y no tienes por qué estar pendiente de lo que me pase o lo que…

—Para, para. ¿Me dejas hablar?

—Okey —dije, cruzándome de brazos.

—Primero, quiero decirte que estás mucho más linda ahora que cuando estabas en tu fiesta de quince, tan flaca que me asusté.

—Bueno, gracias. ¿Se puede saber a qué viniste?

—A eso voy. Déjame seguir.

—Está bien.

¿Por qué estaba taaaan enojada con Teo? ¿Y por qué le contestaba tan mal?

—Segundo, no vine porque lo tenía prohibido.

—¡¡¡No!!! ¿Te llamaron de Atenda? —casi grité cruzándome de brazos y mirando para el costado, refastidiada—. ¿Qué disparate estás diciendo? —le pregunté, enojada—. ¿Tú me crees boba o qué?

—No, no me llamaron de Atenda. Y no te creo boba.

—¿Entonces por qué pones una excusa tan tonta? ¿Quién te va a prohibir verme?

—Tu hermano.

Quedé muda. Tiesa. Rígida.

—¿Mi her…?

—Sí, Franco me prohibió hablarte y acercarme a ti.

—Ppp-pero, ppp-pero… —empecé a notar cómo la ceja se levantaba y el tartamudeo comenzaba a apoderarse de mí, sin que pudiera evitarlo.

—Sé que no debes de entender nada y para mí es redifícil de… Mira, pensé miles de maneras de explicar lo que pasó y, bueno, al final…

—Pero mi hermano por qué iba a…

—Tú amas la poesía, Miki…

—¿Qué tiene que ver? O sea, no estoy entendiendo…

—Hay música que tiene poesía y dice cosas, y yo pensé que… Digo, como no es fácil lo que tengo para…

—Alto, alto, ¿vas a empezar a tartamudear? Mira que eso me pertenece sólo a mí —le dije, sonriendo.

Lo veía tan nervioso que quise distender un poco el ambiente, aunque era imposible. Parecía que todo estaba encendiéndose de emociones. Sonrió y también se sonrojó. Sacó de su mochila un mp3, me lo dio y me dijo:

—Busca la canción 6, escucha la letra con atención. Cuando lo hayas hecho, abre este sobre.

—¡Qué ridiculez! Pero…

—Me tengo que ir —dijo, poniéndose de pie, extendiéndome el sobre y tomando su mochila.

—Todavía estoy enojada contigo y no entiendo para qué viniste ni capto nada de esta visita. Eres un desastre, ni siquiera sabes pedir perdón o decir que lamentas lo que hiciste, sólo te da por culpar a mi hermano y yo no voy a creer en ti, primero voy a creerle a mi hermano, aunque tú eres como un hermano, pero...

—Miki —me dijo, frenando mi perorata—. No te pido nada, sólo eso. Después si quieres nos reunimos y te explico bien todo.

Así, con más incertidumbre, Teo abrió la puerta del comedor, después la de calle, y se fue.

Yo quedé ahí parada, todavía balbuceando, con el sobre y el mp3 en la mano.

HERMOSA sin saberlo

La curiosidad me mataba. Me costó unos segundos reaccionar, hasta que Petra me preguntó algo (ni idea qué, porque mi cabeza estaba completamente en otra parte), salí disparada hacia arriba, subiendo los escalones de a dos y haciendo más ruido que cuando bajé, di un golpe en la puerta de mi cuarto y me volví a tirar en la cama, pero esta vez con el mp3 agarrado fuertísimo entre mis dedos. Busqué frenéticamente la canción número 6, cerré los ojos y me dejé llevar por esa música que conocía superbién, de los chicos de One Direction.

Me centré en la letra, tal como me pidió Teo y sentí un estremecimiento profundo cuando llegué a la parte que dice:

> No necesitas maquillaje,
> porque siendo como eres
> es suficiente.
> Todo el mundo en la habitación
> puede verlo,
> todo el mundo menos tú.

Sin saber cómo ni por qué, sentí correr una lágrima y nacer otras. Me costaba respirar, pero mis oídos estaban al

261

cien para escuchar la parte que me sabía de memoria, la parte más fuerte, el mensaje más profundo:

> Iluminas mi mundo como nadie,
> la forma de mover tu pelo me fascina,
> pero cuando ocultas tu sonrisa
> no es difícil comprender
> que no sabes que eres hermosa.
> Si sólo pudieras ver lo que yo puedo ver,
> entenderías por qué
> te quiero tan desesperadamente.
> Ahora mismo te estoy mirando
> y no puedo creer
> que no sepas que eres hermosa…
> Y eso… ¡eso es lo que te hace hermosa!

Apagué el mp3 y me levanté, llorosa. Fui hasta el espejo del baño, que fue el único que me dejaron, pequeño, como para ver mi rostro. Y me observé tratando de ser lo más objetiva posible… ¿Soy hermosa? ¿Le parezco linda a Teo? ¿Cómo me veo actualmente? Mi rostro todavía conserva las mejillas algo hundidas y mi cabello indudablemente no es el de antes. Espero recuperar ese brillo que tenía. Pero mis ojos… mis ojos sí están luminosos y dicen que son las ventanas del alma… ¿Ve mi alma Teo en ellos? Como dice la canción ¿soy todo su mundo para él?

Pero… ¿cómo era posible que se hubiera fijado en mí si me conoce de toda la vida? Tarada, tarada, me digo. Igual que Franco con Coti.

Y las piezas de repente se unieron. Entendí por qué Franco se culpaba. Mi hermano se había enfurecido cuando Teo le confesó que sentía algo por mí, y no sólo dejó de hablarle, sino que le prohibió acercarse… y Teo, con lo tímido que es, no dudó en sufrir solo y lejos, para no herir más a mi hermano. No quiero ni saber lo que habrá pasado dentro de él…

Pero por supuesto, ahora que se supo lo de Coti, ¿cómo podía mi hermano oponerse a que Teo se acercara a mí? ¡Ridículo! Siempre fue un celoso insoportable, pero esto pasó todo, o sea, ¿qué derecho tenía mi hermano a dirigir la vida de Teo o la mía?

Supongo que el mismo derecho que tengo yo (o más bien que no tengo) a dirigir la de él y Coti, ¿no?

¡Ufff! Estoy agotada, agotada, agotada. Si al menos Coti no estuviera involucrada en esto, podría llamarle y pedirle consejo. Si todavía fuéramos amigas. Porque Belu es mi besta también, pero es menor. Aunque es taaaan madura, sé que es chica y que no la puedo cargar con estas cosas. ¿O sí?

Y además, ¿qué le diría? Porque siendo sincera conmigo misma, no tengo la más pálida idea de qué estoy sintiendo. Capaz que me estoy haciendo terrible película y nada que ver. A lo mejor el mensaje que me quiere dar es otro y yo estoy interpretándolo mal. ¿Teo está enamorado de mí o no?

¡El sobre! ¡El sobre! ¡Ahí capaz que me puso algo!

Volví al cuarto y lo levanté de la mesa de luz. El sobre parecía mirarme y decirme «ábreme». Tonta, Miki, ¿cómo te va a hablar un sobre? ¿No ves que estás delirando con tanta poesía?

Lo abro y saco una hoja escrita a mano. La letra de Teo, que reconozco al instante, había copiado un poema de Pablo Neruda. Lo leí, aunque ya lo conocía, y a cada palabra sentía que mi pecho se agrandaba y mi corazón latía desesperado:

La Reina
Yo te he nombrado reina.
Hay más altas que tú, más altas.
Hay más puras que tú, más puras.
Hay más bellas que tú, hay más bellas.
Pero tú eres la reina.
Cuando vas por las calles
nadie te reconoce.
Nadie ve tu corona de cristal, nadie mira
la alfombra de oro rojo
que pisas donde pasas,
la alfombra que no existe.
Y cuando asomas
suenan todos los ríos
en mi cuerpo, sacuden
el cielo las campanas,
y un himno llena el mundo.

Cuando terminé la última frase, ya no podía evitar llorar abiertamente. Me mataba no saber qué sentía yo por él. No podía decir que lo amaba, no. Siempre lo vi como se ve a un hermano e imaginarlo como novio era... ¡era grotesco! Además, ¿qué se suponía que tenía que hacer ahora? ¿Llamarlo? ¿Escribirle? ¿Decirle qué?

Imposible. Simplemente, no sabía dónde estaba parada. Esta noticia, este descubrimiento fue demasiado fuerte para asimilarlo así como así... Además, no era sólo lo de Teo. Era lo de Coti, era lo de mi hermano, ¡era todo!

TRIPLE CH (ichat, charla y chantaje!)

No sé por dónde empezar a desenredar la madeja de líos…
Tengo el cerebro como adormecido y trato de poner prio-
ridades, pero no puedo. Debo ir paso a paso, como nos decían las maestras cuando íbamos a la escuela. ¿Qué le había
prometido a mi hermano? ¿Hablar con Coti? Bueno, tendría
que empezar por ahí. Porque además si hubiera sido al revés, suponiendo que yo saliera con Teo, jamás lo habría hecho a escondidas. Seguro que mi hermano me dijo que la
culpa era de él para salvarla a ella y que yo no la juzgara mal.
La muy santita, claro. Terrible hipócrita estuvo siendo conmigo mientras andaba con mi hermano. Falsa e hipócrita.

Vuelo de ira. La cabeza me trabaja a full y ya no aguanto más. Tengo que ver a Coti y encararla. Y de repente, sé lo
que tengo que hacer. Sé exactamente qué decirle para que
me conteste el chat, porque obvio que el cel no lo va a atender. Así que prendo la tablet y entro al MSN. Soy consciente
de que ya pasaron las dos horas de permiso para conectarme, pero éste es un caso de emergencia. Por lo tanto entro.
Aparece como «ocupada», pero eso no me importa. Estoy
segura de que esta vez va a hablarme. Comienzo a escribir:

Mica: Sé lo de mi hermano y tú.

267

Espero segundos y veo saltar su respuesta. ¡Lo sabía! Fue el anzuelo que no pudo evitar morder.

Coti: ah, sí?

Mica: sí. Me mentiste.

Coti: y tú me traicionaste.

Mica: eso es relativo.

Coti: q tan relativo romper 1 pacto d silencio?

Mica: y q tan relativo meterte cn mi hno y mentirme todo el tiempo?

Coti: era difícil decirte la vdd…

Mica: nos tenemos q ver. Esto es xa hablar cara a cara

Coti: ok.

Mica: dónde y cuándo

Coti: emm… en la avenida en media hora?

Mica: en la bajada de siempre?

Coti: sip

Mica: ok, nos vemos ahí

En la avenida sopla una brisa calma. El lugar donde siempre bajábamos cuando éramos amigas ahora estaba lleno de gente. Me siento en la única banca libre, pero en vez de mirar a la calle, me decido a mirar al río… Me da mucha paz ver las olas suaves de hoy.

Los niños que están a mi alrededor no dejan de gritar y perseguirse, pero mi mente casi no los registra. Estoy completamente entregada a la charla que voy a tener, al fin, con Coti.

También sigo algo resentida con mi hermano. Me acuerdo del episodio de los jeans, que le dije jorobando que estaba mirando a Coti con otros ojos, y me dan ganas de pegarme en la cabeza. ¿Cómo fui tan ciega? ¡Claro que ya a esa altura algo habría! ¡Por eso ella siempre se arreglaba tanto para ir a casa! Me usó. Me usó para estar con mi hermano haciéndose pasar por mi amiga. Ella es la traidora.

Estoy acumulando una rabia que sé que no es lo mejor que me puede pasar, pero por otro lado no tengo ni idea de cómo sentir algo diferente, de cómo revertir este sentimiento tan feo de engaño.

Miro el reloj. Ya pasó la hora en que quedamos... ¿Será que no viene? ¿Que no se anima a enfrentarme?

De repente, siento una mano en mi hombro. Volteo y todo el enojo, la rabia y la impotencia que venía acumulando desaparecen ante la sorpresa e incredulidad de ver la imagen de Coti... o en lo que se había transformado Coti.

La que antes era mi amiga coqueta y arreglada, ahora era una chica ojerosa, demacrada, vestida de negro, con una playera enorme, que no dejaba ver ninguna curva de su cuerpo, y un pants holgadísimo. Su peinado de colita alta había sido reemplazado por una colita más baja y era evidente que lo grasoso del pelo significaba que no se lo había lavado. Un dolor inmenso me atravesó el alma. ¿Así me habría visto yo hace un tiempo?

Quise odiarla como hacía un rato me pareció haberlo hecho, pero no pude. Me mira con ojos inyectados en sangre, como suplicando ayuda.

—Hola —dice, nerviosa, retorciéndose las manos.

—Hola…

—Estás linda, Mica —dice sonriendo y dejando ver una hilera de dientes algo amarillentos que me impresionan mucho.

—Gracias. Pero tú…

—Sí, yo no. Es que tengo que cubrirme hasta lograr el peso ideal. Tú sabes cómo es esto… No puedo mostrarme como estoy ahora, que todavía tengo grasa.

—Coti…

—Yo sé que si tu hermano me ve así no me va a querer, pero me puse como meta bajar más para estar perfecta para cuando él venga para las fiestas.

—Coti… —insisto.

Ella no me escucha. Está con la mirada perdida, me mira, pero sin verme y sigue hablando.

—Tú me traicionaste. Eras mi mejor amiga y contaste nuestro secreto. Eso no se hace. Me traicionaste a mí y a las Princesas.

Vuelvo a mirar el río, mientras ella se sienta a mi lado y fija la vista en el horizonte. Tomo valor y hablo:

—Coti, puedes llamarme como quieras… puedes decirle al mundo entero que soy una traidora, pero ¿sabes qué?

Ahora que te veo, sé que hice lo correcto y estoy en paz con mi conciencia. Me culparía si no hubiera hablado y te viera como te estoy viendo ahora.

Ella niega con la cabeza, varias veces.

—Mi hermano no te va a querer más o menos por el peso que tengas. Estoy segura, aunque me cueste admitirlo, que él se enamoró de ti mucho antes de que decidiéramos entrar al grupo de las Princesas. Tú le gustabas como eras.

—¿Eso crees?

—Sí. Lo conozco. Pero ahora él está muy preocupado. Fue él quien me escribió contándome la verdad entre ustedes, y también me dijo que no le estabas respondiendo los mails ni las llamadas… Nada. ¿Es cierto? ¿Qué pasa?

Niega con la cabeza, pero veo que se le empaña la vista.

—Coti, no estás bien…

—Las Princesas dicen que…

—¡Al carajo con las Princesas! ¡Van a terminar todas internadas o muertas! Coti, ¡reacciona! ¡Déjame ayudarte! —digo—. Sé mejor que nadie lo difícil que es. Yo misma sigo batallando para salir adelante y sufro mucho. Pero estoy tranquila sabiendo que me están cuidando… —ella niega con la cabeza—. Por momentos yo también dudo. Dudo sobre la grasa, me siento mal cuando termino un plato de comida y me dan ganas de comprar una cinta métrica y volver a medirme como antes. Pero sé que no debo. Por mi bien. Y tú deberías… necesitas que te ayuden como a mí. En serio.

—Yo… yo no valgo nada, Mica, por eso mi papá se va y no le importa. Por eso mi madre no está conmigo y prefiere hacer otras cosas… y tu hermano decidió irse lejos. Pero si logro ser perfecta, entonces…

—¡Shhh! No digas esas cosas. ¡No son ciertas!

—Mi mamá recién hace dos días que me contó que tu madre fue a hablar con ella. Y de la rabia que me dio fue que puse lo que puse en Twitter.

—¿Recién te lo contó ahora? ¡Pero hace rato que pasó! —asintió—. ¿Y por qué te lo dijo ahora?

—Porque dice que a lo mejor tu madre tiene razón, que estoy muy flaca, que ya no rindo en artística ni en el colegio y, nada… empezó a sospechar.

—Coti, ¿qué es lo que quieres hacer? ¿Quieres seguir así? Estás en un camino que es una pesadilla. Yo lo viví. Bueno, lo estoy viviendo porque no te voy a mentir: el camino es complicado. Hay que tener mucha fortaleza, mucha voluntad… pero yo te conozco y sé que podrías, como lo estoy intentando yo. Y además estaríamos juntas para apoyarnos y… —siento que estoy al borde del llanto y hago un enorme esfuerzo por controlarme—. Todavía lo vivo, pero me siento tan diferente ahora, con gente que me guía, que me apoya… Eso quiero para ti también, Coti. No sabía qué esperar al verte y estoy impresionada… —la tomo de la mano—. Coti, te lo ruego otra vez: ¡déjame ayudarte de alguna manera!

—Nadie puede ayudarme —insiste, negando.

—Eso es lo que yo pensaba también al principio, ¡pero te juro que estaba equivocada! Mírame… Estoy volviendo a ser yo. Voy lento, muy lento, pero sé que estoy en el camino. Pero, la verdad, no sé dónde está Constanza…

—Yo tampoco sé.

Tengo el corazón destrozado por ella. Ya lo de mi hermano y mi besta no tiene importancia. Bueno, sí tiene, pero la gravedad de lo de Coti es como que tapa lo otro… Sólo puedo ver que hay una persona a la que quiero muchísimo, que está destruyéndose y que no acepta mi ayuda. La impotencia me desespera… Pensar que a veces todavía me veo gorda y no quiero comer…

Respiro profundo y tomo fuerzas para seguir.

—Escúchame, las dos estamos con desórdenes alimenticios y…

Volteó el rostro hacia mí y me cortó en seco, hablando con los labios apretados:

—¿Ahora llamas así a *Mia* y *Ana*?

—No son *Mia* y *Ana*. No son personas, no son princesas, no son diosas, no son modelos a seguir —le respondo, con más calma de la que siento. Ella necesita escucharme, pero está negada—. Son enfermedades.

—Es un estilo de vida y lo sabes —contesta, posando la vista en el mar.

—Puede ser un estilo de vida… pero es un estilo que destruye despacito… Tú lo sabes. Yo lo sé… Llega un punto en que nada importa, ni el amor, ni la amistad, ni la diversión… Sólo importan los kilos, la báscula, la cinta métrica.

El oleaje del río se mezcló al llanto ahogado de Constanza. Sabía que su cabeza era un torbellino de confusiones y dudas…

—No, no, debería bajar algo más porque tengo grasa en…

—… en el cuerpo —digo, terminándole esa frase que repite como un robot. Con la mayor dulzura, agrego—: ¿Viste cómo sé lo que ibas a decir? Te entiendo tanto, amiga… pero te quiero demasiado como para dejarte así.

Hago una pausa y la tomo del mentón, girándole el rostro, para quedar frente a frente.

—Contéstame con la verdad a lo que te voy a preguntar… ¿Eres feliz?

El llanto ahogado resurge. Coti se cubre los ojos y arruga la nariz.

—No sé responder.

—Sí, sabes. Y quiero que me respondas. Por favor.

—No, no, ¡noooo! ¿Estás contenta? No soy feliz, pero voy a ser feliz cuando logre…

—¿Por qué no le contestaste más a mi hermano? —la corto en seco.

—Porque él no me estaba entendiendo. Se había puesto muy pesado con eso de que busque ayuda, y… y… porque él no se merece a alguien como yo.

274

—Pero…

—Él se merece alguien mejor… Aunque si me esfuerzo un poco más, sé que…

—¿Y quién podría ser mejor que tú? —indago.

—Cualquiera de las chicas que se parecen a… a las Princesas, que son perfectas, como Selena Gómez o…

—O Demi Lovato.

Conoce la historia de Demi. Así que quedó sin palabras. Algo en esto le hizo remover sus pensamientos.

Se hace tarde. Pero no puedo verla así.

—Dime, ¿qué quieres hacer contigo misma? ¿Qué quieres que le diga a mi hermano?

Ella se seca una lágrima.

—Dile que lo amo y que estoy bien. Dile que encuentre a alguien mejor que yo.

—No le voy a decir eso.

—Entonces se lo digo yo misma.

—Okey, díselo tú. Lo vas a destrozar. Mi hermano no es un chico que se ande metiendo con una y con otra. Lo sabes bien. Si se arriesgó a estar contigo, ocultándomelo, es porque te quiere de verdad… y más todavía sabiendo lo que estás pasando. Aunque me duela que no haya confiado en mí como siempre, bueno, creo que el amor puede perdonar muchísimas cosas… Así que llámalo tú si te da para hacerle algo así.

—Pero…

—O tienes otra opción. Ser sincera con él. Decirle lo que está siendo tu vida de verdad… y dejar que yo te ayude, que hable y así puedas…

—No quiero que le digas a nadie. ¡No quiero! Si me vuelves a fallar te voy a odiar para siempre, Micaela.

—Hagamos un trato. Yo no hablo. Hablas tú en tu casa, hoy, ahora mismo.

Piensa unos segundos antes de decir:

—No, hagamos otro trato. Te prometo que voy a cambiar, pero por mi cuenta, a mi ritmo, sin presiones. A cambio, le dices a Franco que estoy bien y que no sé, que estuve con mucha fiebre y por eso no estuve atendiendo el teléfono ni revisando el correo ni nada… Así él se queda tranquilo y a mí me da tiempo para irme recuperando… —hizo una pausa y me miró fijo a los ojos—. Y además, vuelvo a confiar en ti, volvemos a ser bestas, a estar la una con la otra siempre… porque lo cierto es que te extrañé mucho. Me sentí muy sola.

—¿Y las Princesas?

—No es lo mismo. Tú eres tú.

—Quiero saber una cosa: ¿estuviste conmigo por mi hermano? Es una duda que tengo que sacarme —Coti me mira y yo sigo explicándole mi interrogante—. No digo los primeros años, obvio, éramos unas niñas y supongo que ahí ni te fijabas en mi hermano, pero los últimos años, los últimos tiempos…

Por primera vez en tantas semanas, me abraza... y puedo sentir sus huesos en mis brazos, además de sus lágrimas mojándome la mejilla.

—¿Tú qué piensas? —pregunta, sonriendo.

—Pienso que no —le sonrío, también.

—¿Me vas a apoyar? Porque esto es lo que *yo, Constanza,* quiero hacer... O estás conmigo o nos olvidamos para siempre de nuestra amistad. Y esta vez es en serio. Necesito saber que respetas lo que elijo. Por mi parte, te juro que voy a cambiar.

Una DECISIÓN

¡Qué difícil tomar partido en esto! ¿Era un chantaje o de verdad Coti tenía la intención de cambiar por su cuenta? ¿Quién soy yo para decidir qué es lo mejor para ella? ¿Hasta dónde está bien que me siga metiendo en sus decisiones? Y mentirle a mi hermano, por más que él me haya ocultado una gran verdad, ¿es algo de lo que me pueda arrepentir en el futuro? ¿Es ella capaz de cambiar sin ayuda profesional? ¿Se puede? ¿O me está mintiendo para convencerme? Yo también estaba convencida de que podía.

La confusión me atormenta y tengo que tomar una decisión ahora. De eso puede depender la relación con mi hermano, la amistad de Coti, pero… pero también su vida.

El final depende de ti

Si crees que Micaela tiene que respetar los deseos de Constanza, porque nadie tiene derecho a inmiscuirse en la vida de los demás, ve a la página 283.

Pero si crees que Micaela tiene que hablar y buscar ayuda en los adultos, aun jugándose la amistad con su besta, ve a la página 293.

El dolor del SILENCIO

No fue sencillo tomar una decisión. Estaba en un momento de mi vida en que todo parecía darse vuelta, y nada era lo que pensaba… Así que tal vez me haya equivocado o ¡quién sabe! Lo que sí sé es que la decisión que tomé, la tomé con el corazón. Creí en Coti y aguanté a full callándome y esperando su cambio.

Sin embargo, la realidad me golpeó durísimo: el estado de Constanza empeoró sin que yo pudiera hacer nada para evitarlo.

Bueno, habría podido, pero quise respetarla. Pensé que de esa manera la estaba ayudando y la estaba valorando como persona, como ser humano. Claro que eso no era lo que nos enseñaban en ATENDA, pero… Pero una cuando tiene a una amiga delante, a veces se olvida de lo que los que más saben nos aconsejan.

Por supuesto que para eso tuve que mentirle a mi hermano. Bueno, no mentirle directamente, pero ocultarle o, como dicen algunos adultos, maquillarle la verdad. Si hablaba con él o le escribía, le decía que Coti estaba mejorando mucho, esperando que él volviera, y que, aunque no podíamos todavía estar tan en contacto como quisiéramos, éramos bestas nuevamente. Él no estaba muy convencido con mis palabras. Todavía le resultaba extraño que ella que siempre lo estaba buscando para estar en contacto, ahora no estuviera nunca conectada al chat de Face o a Skype. Recibía cada tanto líneas cortas de ella a sus tantos mails, diciéndole que estaba al cien con los estudios y la gimnasia, pero que ya le contaría todo cuando tuviera tiempo, cosa que obviamente nunca pasó. Franco llegó incluso a sospechar que Coti tuviera otro, pero eso se lo saqué de la cabeza. ¡Pobre, mi hermano! ¡No tenía idea de nada de lo que pasaba!

Por más que pensé que guardar su secreto nos iba a unir más, y que con eso me iba a sacar la palabra *traidora* de mi cabeza, lo único que hizo mi silencio fue provocar dolor y distancia. Coti me evitaba y de alguna manera yo tenía bastante con mi propio tratamiento en ATENDA como para seguir insistiéndole en seguir adelante y comenzar los cambios.

Las cosas parecían ir lentas hasta que llegó mi hermano y se desencadenó todo de golpe. Franco volvió para pasar las fiestas en Uruguay y por más que intentó ver a Coti ella le ponía excusas para no encontrarse con él.

A mi hermano se le metió en la cabeza más firmemente la idea de que Constanza tenía otro novio, que por eso no quería encararlo, así que se lanzó para su casa y fue cuando se enfrentó a la realidad. Coti estaba destruida. Lo que quedaba de ella era una sombra, una sombra triste que hablaba de muerte.

Franco llegó a casa llorando. Fue espantoso. Se agarraba la cabeza y no podía articular palabras. Mamá intentó consolarlo y él, que siempre rehuía a los abrazos, se acurrucó como un niño pequeño. Me partió el corazón y las lágrimas me cegaron.

Pero después le vino un ataque de furia y me culpó de ser una mentirosa y una egoísta. De preocuparme sólo por mí. Eso me destruyó porque, en silencio, yo también me culpaba.

Franco no me dirigía la palabra, aunque notaba que iba cambiando lentamente su actitud con respecto a mí. Creo que mamá le habló o algo… y también me enteré de que fue a ATENDA a conocer el lugar y tuvo una charla con Mariela. Eso debe de haber ayudado a que él no me siguiera viendo como un monstruo. Sentí un verdadero alivio cuando, finalmente, fue a mi dormitorio y me preguntó si quería que viéramos una peli juntos.

Parecíamos estatuas, frente al televisor del comedor, mirando una película, que era la excusa para estar el uno con el otro, pero a la que ninguno prestaba atención. Nos sentamos al lado y nos pasábamos las palomitas que había hecho Petra, mientras disimulábamos que seguíamos la trama de la película y yo comía alguna de vez en cuando.

No hablamos, pero fue como una especie de tregua, de hacer las paces, y esa noche pude dormir de corrido, sin despertarme con un dolor en el pecho varias veces en la madrugada, como me venía pasando últimamente.

Esa Nochebuena fue la peor que recuerdo. Delia llamó a casa para avisarle a mamá, sin poder fingir el llanto y la desesperación, que «su niña había sido internada».

Fue difícil para todos, pero a la vez sabíamos que también era una alerta roja para la madre de Coti y su familia, y que era la única forma de que se dieran cuenta que de verdad Constanza estaba caminando en una línea delgadísima entre la vida y la muerte.

Franco quiso ir adonde había sido hospitalizada. Mamá al principio se negó, pero luego le dijo que iría con él. Aunque no los dejaron entrar a verla, estuvieron en la sala de espera con Estela, que a veces salía para descargar su angustia. No quería mostrarse débil frente a su hija.

Todos ahora sabían lo de Coti y Franco, pero claro, en vista de lo que sucedía, eso había pasado a segundo plano. Ahora lo principal era que Constanza se recuperara.

Mi hermano estaba muy deprimido con la situación. También le impresionó llegar a casa y reanudar una rutina sin papá presente. Creo que ahí me entendió un poquito más. Todo en la cabeza y el corazón de Franco se fue tornando más complejo a medida que pasaban los días. Empecé a notarlo diferente, deambulaba por la casa, a veces se acercaba a mí como queriendo decirme algo que nunca decía. Hasta que un par de días antes de la fecha en la que siempre adornamos el arbolito juntó valor y fue hasta mi habitación.

Sonreí al verlo entrar, pero él seguía serio. Nos sentamos en mi cama.

—¿Qué te pasa?

—No paro de pensar. La cabeza me va a mil por hora.

—¿Por lo de Coti? Seguro es por lo de Coti…

—Sí, por Coti, por papá que no vuelve, por mi carrera que me está matando del fastidio, por ti, por todo.

Era difícil responderle algo, así que preferí tomarle la mano.

—Miki, ya soy un hombre. Quiero decir, soy mayor de edad. Tengo que encarar.

—¿Qué quieres decir con eso? No te entiendo.

—Nada, que tengo que encarar mi vida. O sea, por más que ames a alguien, ¿hasta dónde puedes tolerar? Yo siento que amo a Coti, pero a aquella Constanza que conocí toda la vida y que hoy no está. No sé quién es esa chica que ahora está internada. No la reconozco. Nos hemos alejado tanto… Todas las veces que quise comunicarme con ella y nada… para venir a enterarme de esto.

—¿Pero… pero estás diciendo que…?

—Estoy diciendo que no sé cómo decirle que necesito reacomodar mi vida, y que no tengo idea de si ella tendría cabida, así como están las cosas. Tengo dieciocho años. Tengo que seguir adelante y ella tiene que luchar por su vida, por su recuperación. Tiene que centrarse en eso y yo tengo que centrarme en estudiar… en estudiar lo que siempre quise.

—Para, para… Vas muy rápido. Estoy confundida. ¿Me dices que cortas con Coti y que vas a estudiar para ser ilustrador? ¿Hablaste con papá? ¿Él sabe esto? ¿Te apoya?

—Sí, hablé con papá. Y en lo de Coti piensa como yo. De hecho fue él quien me dijo que era demasiado joven como para cargar con un drama de ese tipo, que si me enredaba más iba a terminar sin hacer nada con mi vida. Y creo que tiene razón.

—Entonces tanto, tanto no la amabas…

—A mi manera la recontraamaba, Miki, y de alguna forma la sigo queriendo ahora, pero no puedo asumir todo lo que conlleva quererla. No puedo hacerle frente a una situación como en la que está ella, en la que se metió ella, no puedo, o no quiero, o no estoy maduro, o preparado, o… ¡no sé! —terminó diciendo, o más bien, casi gritando.

Me dio mucha pena. Lo abracé fuerte.

—Te entiendo —le dije.

—¿En serio? ¿No crees que soy un hijo de…?

—No, no lo creo. Pienso que no todo el mundo está preparado para afrontar algo como la enfermedad que tengo yo y que tiene Coti.

—¡Pero a ti nunca te abandonaría!

—También lo sé. Pero es diferente, soy tu hermana. En cambio con Coti supongo que tendrías un proyecto de vida juntos, a futuro, aunque fuera lejano…

Él bajó la cabeza, angustiado.

—Voy a concentrarme en los estudios. Le dije a papá que de verdad odio la diplomacia, que mi vocación es ser ilustrador. Y bueno, conoces a papá. Casi le da algo. Pero creo que tú hiciste mucho en esta familia... aunque no te des cuenta lograste transformarla, dejar al descubierto sentimientos, un camino para dialogar, y eso hizo que papá por primera vez me escuchara.

—¿Acá se puede estudiar?, ¿o tienes que irte otra vez?

—Los mejores lugares están afuera. En Londres hay muchas escuelas de arte y averigüé todo en una que me recomendaron: costos, tiempo, futuro laboral. Así que le planteé a papá las cosas con los números sobre la mesa, ya ves que a él le gusta todo claro. Y también le dije que por lo que había podido averiguar, si eras buen dibujante había chances de encontrar trabajos freelance muy bien pagados. Eso lo entusiasmó. ¡Es papá!

Nos reímos.

—¿Cuándo te tienes que ir?

—Después de las fiestas. Antes voy a hablar con Estela. Porque por ahora no puedo hablar con Constanza de esto... así que voy a dejarle una carta a Coti para que se la den cuando esté más recuperada. No puedo irme sin hablar, como un cobarde.

Ese año, el 8 de diciembre, sólo Petra armó el árbol de Navidad. Para mí ya no tenía sentido. La Nochebuena la terminamos pasando en casa con la abu Clopén. Las cosas con mi madre van mucho mejor y siento que pronto mi padre va a volver. En definitiva, pasar juntos las fiestas fue un gran paso y no sentí que ninguno de ellos estuviera incómodo con la presencia del otro.

Teo tiene novia. O por lo menos Belu, que sigue en contacto con él, me contó que le gusta una chica. No le dije nada a Belén sobre la declaración de Teo. Me pareció que no hubiera sido justo para con él. Y por otra parte la relación con Franco no se recompuso. Bah, son amigos, sí, pero como que hay algo que ya no es como antes.

Cuando me enteré, otra vez por mi prima, que Teo tenía una historia con una chica que conozco, de otro colegio, lo cierto es que me cayó horrible. ¿Pero qué le puedo pedir? No tengo ningún derecho.

Fui muy estúpida al pensar que me iba a esperar eternamente a que me decidiera. Dicen que las cosas sólo ocurren una sola vez y hay que aprovecharlas, y a veces dejamos pasar lo mejor. No nos damos cuenta de que está ahí, delante de nuestros ojos, aguardando.

El tema fue que Matías apareció. Me mandó un mail todo divino diciéndome que pronto llegaban las vacaciones y que esperaba muy ansioso para verme en Punta. Así que ahí fue cuando encaré a Teo con sus poemas y canciones. Le dije que me gustaba, pero no estaba segura de sentir algo más fuerte. Que era libre de hacer lo que quisiera y que esperaba que pudiéramos seguir siendo amigos. Que en mi corazón, la prioridad la tenía ese chico que me había destrozado el alma con su indiferencia, pero que ahora había regresado.

No lloró frente a mí. Pero Belu me contó que fue un golpe terrible para él y que le costó mucho recomponerse. De hecho, según mi prima, todavía no se recompone.

De pensar, de imaginarlo nomás abrazando a otra me viene una angustia terrible. Él era mi soporte, mi amigo, mi confidente, con quien compartía mis poemas y mi arte… y no lo valoré. Puse a otro antes que a él.

Ahora… ahora ya está. Lo perdí. Eso seguro. ¿Será que todavía tengo chance o ya nunca más?

Maduré lo suficiente como para saber que Matías no es un amor que me llene el alma. No se trata sólo de las maripositas en la panza, es mucho más lo que yo quiero de la vida, es eso y es un amigo que esté en las buenas y en las malas, con quien pueda contar sin pensar si me responderá o no, si estará o se habrá ido.

Y tuve a esa persona, pero la dejé volar. Pensar en Teo me duele. ¡Lo extraño tanto!

Me gustaría correr y decirle que deje a esa chica, que yo soy el amor de su vida, que él es el mío y que me equivoqué, pero… pero otra vez prefiero callarme. Otra vez mi silencio sigue provocando dolor.

Lo único lindo ahora es Belén, que está terriblemente más alborotada que antes con la noticia de que su mamá tiene novio. Bueno, no sé si novio o amigovio o lo que sea, pero, bueno, una historia tiene, y parece que va bastante bien porque se lo presentó a mi prima. En fin, ya me contará con lujo de detalles cuando venga a pasar las vacaciones conmigo.

Porque lo cierto es que este camino es muy difícil… y me levanto todos los días intentando poner toda mi voluntad, pero hay veces que decaigo y quiero abandonar todo, porque me siento gorda, fea y se me vienen a la mente los rostros de las Princesas acusándome de cerda. Trato de no tocar mis protuberancias y de pensar en cualquier cosa menos en la báscula o la comida, pero no es fácil. Sé que debo recorrer todo este sendero y que debo ser fuerte. No puedo rendirme. No debo. No debería.

Porque tengo mucho por lo que salir adelante… Por ahora pensar en la visita de Belén… pero también en la fuerza que me brinda la certeza de que, suceda lo que suceda en la vida, tengo gente incondicional que me apoya a muerte, como mi hermano que otra vez se fue y a quien extraño horrible.

FIN

Luces BRILLANTES en la oscuridad

Lo miro y es imposible describir lo que siento. Teo me tiene tomada de la mano, como desde ese primer día en que nos encontramos después de que me diera la canción y su poema, y ya no nos separamos más. Simplemente no puedo imaginar la vida sin que él forme parte.

Cuando le dije que me diera un tiempo para hacerme a la idea de verlo como a un chico (y no como a un hermano mayor), sólo sonrió y me abrazó. Y justamente fue ese abrazo lo que me hizo temblar de pies a cabeza. Supe en ese instante que sentía algo mucho más profundo por él de lo que me había imaginado.

Ahora soy más fuerte y decidida, no solamente porque Teo es un gran soporte, sino porque me siento segura después de haber tomado la resolución de contar la verdad acerca de lo que le pasaba a Constanza.

Apenas volví de la avenida con ella, ese día, no paré de llorar y como desahogo escribí varios poemas en mi espacio mágico, poesías tristes y frustradas. Pero, aunque otra vez mi mente voladora me invada, tengo que decir que fue un rayo de sol que se coló por la ventana el que hizo que viera la solución: justo eso, buscar la luz donde hasta ahora había oscuridad. Hablar, donde había silencio. Anteponer la verdad, a seguir con la mentira. Supe, como si fuera la adulta que no soy, que amar a alguien es también jugársela por esa persona y enfrentar lo que sabemos que es correcto, aunque eso nos traiga consecuencias dolorosas.

Porque al principio, claro, Constanza no me perdonó. No perdonó que llamara a mi hermano y le contara toda la verdad ni que pidiera otra vez ayuda a mis padres ni mucho menos que mi madre se atreviera a regresar a su casa a hablar con Estela. Mamá me contó que en el momento en que le volvía a pedir a la mamá de Coti que por favor reaccionara, intervino Delia que, llorando, le suplicó a Estela que se diera cuenta de lo que pasaba, que hiciera algo. Y Estela por fin abrió los ojos. Primero con rabia ante mi madre, pero luego con agradecimiento. Más adelante le dijo a mamá que fue como que hubiera estado ciega y ella de repente le había quitado la venda. Finalmente, se llevaron a Coti —que antes de irse volvió a acusarme de traidora y mentirosa en las redes sociales— a una clínica privada como ATENDA, pero que cuenta con internación. Y Delia, aunque aliviada porque «su niña» sería atendida al fin, fue despedida «por haberse inmiscuido en asuntos familiares que no competen al personal doméstico», según me enteré más tarde por mi madre.

Mi hermano, apenas le dije lo que sucedía, tomó el primer vuelo que encontró para Buenos Aires y de ahí a Montevideo. Todavía me cuesta pensar en ellos como pareja, pero lo cierto es que Franco la adora y ahora que Coti parece que se recupera muy lentamente, está comenzando a hacerse más fuerte él también.

Franco estuvo muy deprimido cuando vino: a todo lo de Coti se le sumó el llegar a casa y reanudar una rutina sin papá presente, por más que no estuviera demasiado en lo cotidiano. Creo que ahí me entendió un poquito más.

Un par de días antes de la fecha en la que siempre armamos el arbolito, juntó valor y fue hasta mi habitación. Sonreí al verlo entrar, pero él seguía serio. Nos sentamos en mi cama.

—¿Qué te pasa?

—No paro de pensar. La cabeza me va a mil por hora.

—¿Por lo de Coti? Seguro es por lo de Coti…

—Sí, por Coti, por papá que no vuelve, por mi carrera que me está matando del fastidio, por ti, por todo.

Era difícil responderle algo, así que preferí tomarle la mano.

—Miki, ya soy un hombre. Quiero decir, soy mayor de edad. Tengo que encarar.

—¿Qué quieres decir con eso? No te entiendo.

—Nada, que tengo que encarar mi vida. O sea, yo estoy seguro de amar a Constanza y por más que me digan que recién tengo dieciocho años, yo sé que la amo.

—Sí, te entiendo… Yo creo que el amor no tiene edad. ¿Pero qué…?

—Nada, que aparte de esto de que Coti se está encaminando y está en manos de profesionales, al igual que tú, y que eso me deja recontratranquilo, aunque no me quita la ansiedad por verla bien otra vez, es que también debo pensar en mí, en mi futuro.

—No te entiendo… ¿De tu futuro con Constanza?

—No, no. De mi futuro profesional. No quiero ser un frustrado. Odio la diplomacia. ¡La odio!

—Deberías hablar con papá. O más bien, deberíamos.

—¿Qué quieres decir?

—Que tendríamos que hablar de todo, de su partida, de tu vocación, de nosotros como familia…

—Yo en eso no estoy de acuerdo. Miki, las cosas entre mamá y papá la tienen que resolver ellos, por más que nosotros suframos, son ellos los que tienen que entenderse y perdonarse para volver a estar juntos.

Fue como si las palabras de Franco trajeran magia. Mis padres aparecieron en mi habitación. Franco y yo quedamos mudos. Ellos sonreían. Hacía tiempo que iban a terapia de pareja y tenía la esperanza de verlos otra vez juntos.

—Chicos, ¿interrumpimos? —preguntó papá.

—No, pa', al contrario, justo hablábamos de ustedes —dije.

—¿Ah, sí? ¿Y de qué, si se puede saber?

Sonreí.

—Queríamos que supieran que papá y yo estamos juntos —dijo mamá, sonrojada—. En verdad me da un poco de vergüenza decirlo, pero hemos estado saliendo como novios todo este tiempo, y…

—¿Como novios? —pregunté, incrédula.

—Nos amamos y los amamos. Eso es lo que importa. Miki, tú no te has dado cuenta de todo lo que cambiaste en nuestra familia. Nos hiciste ser mejores personas, transparentes, más sinceros.

—¿Eso les dijo el terapeuta? —pregunté, frunciendo el ceño.

Se rieron.

—No. Eso lo hablamos con el terapeuta, pero fue una de las tantas conclusiones a las que llegamos y queremos compartir con ustedes —dijo mamá.

—Y también queremos que sepan que para nosotros ustedes son todo. Que nos hemos equivocado un montón, que somos humanos y que como dicen muchos, a uno no le enseñan a ser padre. Pero a favor nuestro tenemos para decirles que vamos a dar todo porque ustedes sean felices, porque ésa es también la única forma de que nosotros seamos felices.

Miré a Franco. ¡Ése era el momento! Le codeé. Papá me vio y arqueó una ceja.

—Emmm, es que Franco quería decirles algo. Justo hablando de eso de la sinceridad y de ser felices… como que uno debería poder…

—Okey, okey, déjame a mí —dijo Franco.

—Bueno, niño —le contesté, fastidiada—. ¡Yo sólo quería ayudarte!

—¿Qué pasa ahora? —preguntó mamá.

—Odio estudiar lo que estoy estudiando. Yo quiero ser ilustrador profesional y quiero que me apoyen. Sé que si estudio mucho voy a lograr destacarme, pero por favor, déjenme cumplir ese sueño —rogó Franco, mirándolos fijamente.

Como mis padres se quedaron mudos, él siguió:

—Miren, averigüé todo. En Londres hay muchas escuelas de arte, a mí me recomendaron una que sale en más o menos lo mismo que la que me están pagando ahora y que además tiene una bolsa de trabajo con futuro laboral casi garantizado para los que tienen altos promedios y yo juro que voy a ser de ésos si ustedes perm...

—¡Shhh! Mamá y yo hemos aprendido mucho en este tiempo. Y ustedes mejor que nadie saben que para mí es complicado lo que voy a decir, por no afirmar que es muy, muy difícil... pero creo que tanto su madre como yo estamos de acuerdo en que sigas tus sueños —dijo, mirando a mamá, que asentía seria.

Franco me miró, atónito, y yo le sonreí. Todo estaba cambiando. Fui la primera en levantarme y acercarme a ellos que me recibieron con los brazos abiertos. Franco se unió a ese abrazo de cuatro, un bloque unido y firme que nos sostiene. La familia. La gente que uno ama. Bueno, yo también amo a Teo, claro, pero es distinto…

Hablando de Teo, sólo hubo una sombra que oscureció un poquito nuestra relación y fue cuando recibí un mail de Matías diciéndome que me quería ver en verano y… blablablá. No puedo mentir: la verdad, en serio me tembló el mundo.

Pero a la vez creo que crecí lo suficiente como para darme cuenta de que lo que sentía por ese chico era algo mucho más light y efímero que mis sentimientos por Teo; que lo que siempre me había dado Matías había sido desesperanza, soledad y falsas ilusiones.

Supe elegir bien y hoy soy feliz.

Estela y mamá reforzaron su vínculo, las unió mucho el hecho de que mi madre dejara de lado la pelea y las acusaciones de Estela, y la apoyara con Constanza.

Es 8 de diciembre. Petra, Franco, Teo y yo estamos adornando el arbolito. Y no siento la tristeza en el pecho, al contrario, tengo como una sensación de felicidad gigante. Estoy deseando que llegue la Nochebuena y la Navidad.

Aunque a Coti le está costando un poco más que a mí superar sus desórdenes alimenticios, creo que el amor de mi hermano es una pieza fundamental, pero más que nada el apoyo que ahora recibe de su mamá y la mía. El padre… Bueno, el padre es como dice ella, está y no está. Y yo no soy quién para juzgarlo, ¿no?

Eso me hace recordar a Belén, que no tuvo un papá presente en su vida… ¡Por suerte la voy a ver dentro de poco! Estoy superansiosa y la extraño mucho. Ahora anda como loca —bah, ¡como es ella en realidad!— porque parece que mi tía Celina tiene novio, ¡terrible notición! Mamá me dijo que no le hiciera caso, que capaz que no duraba nada, pero según Belu la cosa va en serio porque se lo presentó y fue a cenar con el abuelo Cacho y ellas, hace una semana. ¡Así que ya me voy a enterar de todos los detalles cuando mi prima esté acá! ¡No puedo esperar!

En esta armada de arbolito falta Coti, que no tiene todavía permiso para salir. Y lo siento en el rostro de mi hermano. Pero sé, como que me llamo Micaela, que el próximo año será diferente. Cierro los ojos y me imagino la escena que estoy convencida se va a producir con el tiempo:

Voy a mirar a Coti a través del arbolito que vamos adornando entre todos y ella me devolverá la mirada en un gesto cómplice. Tal vez lleve puesto un vestido de verano y flats. Se habrá recogido el pelo en la típica colita alta que siempre usó y me sonreirá con esos hoyuelos que se le formaban antes de la enfermedad, y que yo amaba tanto. La entenderé como siempre la entendí, con sólo mirarla. Sé que me estará diciendo «gracias», sé que me estará diciendo «te quiero» y sé que me estará afirmando «puedes contar conmigo para siempre».

Le sonreiré y le extenderé mi meñique. Ella… ella entrelazará el suyo.

Siento que logré encender muchas lucecitas donde antes había oscuridad… Las percibo como esperanza, amor y un futuro de compañía con las personas que más amo en este mundo.

Pero no voy a mentirme a mí misma. Lo cierto es que este camino es muy difícil… y me levanto todos los días intentando poner toda mi voluntad, pero hay veces que decaigo y quiero abandonar todo, porque me siento gorda, fea y se me vienen a la mente los rostros de las Princesas acusándome de cerda. Trato de no tocar mis protuberancias y de pensar en cualquier cosa menos en la báscula o la comida, pero no es fácil. Sé que debo recorrer todo este sendero y que debo ser fuerte. No puedo rendirme. No debo. No debería.

Porque tengo mucho por lo que salir adelante… y, por sobre todo, sé que puedo equivocarme, pero también comprendo que tengo muchísimas personas en las que apoyarme, que me aman en serio y no me abandonarían si alguna vez vuelvo a caer.

Y saber eso, comprenderlo, asimilarlo… es algo que no se puede describir con palabras. Es esa sensación de seguridad, amor y protección que forman la estrella más brillante de mi cielo. Ésa, que nunca más me dejará a oscuras.

FIN

Mi agradecimiento a ALUBA
(Asociación de Lucha contra la Bulimia y la Anorexia)
por haberme guiado y abierto sus puertas
para crear esta historia con veracidad.

Cecilia Curbelo